U0126408

胡楚生　著

韓柳文新探

續編

臺灣學生書局印行

韓非子校釋 [illegible]

陳啟天 著

臺灣學生書局印行

自敘

我國古代的散文，起源甚早，從春秋戰國到漢代，都是散文發展的全盛時代，但是，到了東漢以下，魏、晉、宋、齊、梁、陳、隋、唐之間，卻形成了一種駢儷的文體，措辭穠縟，華麗堆砌，文風逐漸頹靡，到了中唐時代，韓愈及柳宗元，乃推動另外一種內容充實，外表淳樸的古文，從而去振衰起敝，及至宋代，歐陽修、王安石、曾鞏與三蘇父子，異代唱和，附離而起，形成古文極盛的情況，明代茅坤，因而輯有《唐宋八大家文鈔》一書，而唐宋八大家之名，也由此而流行於世，為人們所稔知。

我對八大家的古文作品，尤其是他們的一些名篇，都十分喜愛，但個人的才力有限，逐漸地便集中精神在韓柳二人的作品之上，閱讀的心得，也稍多些。

拙稿《韓柳文新探》，出版於民國八十年，十餘年來，個人對於韓柳古文的研讀，興趣未減，偶有所窺，草成篇章，現在收集起來，作為《韓柳文新探》的續編，仍請學生書局印行，尚祈讀者諸君，惠予指正是幸。

中華民國九十九年十月二十五日 胡楚生 謹識

韓柳文新探續編

目　次

壹、論韓愈與王仲舒的交誼及其影響

一、引言

韓愈（西元七六八至八二四年）在中唐時代，推行古文運動，交往的朋友，從學的弟子，為數頗多，加以在政治上，他也曾位居要職，仕宦時的同僚，也並不在少數；因此，韓愈與他們之間，在學問上、德行上、事業上，彼此都有著或多或少的影響。在這方面，像錢基博先生的《韓愈志》、羅聯添先生的《韓愈研究》，都已經有了精闢的論述，錢先生論述到韓愈的師友弟子，一共有李觀、歐陽詹、柳宗元、樊宗師、張籍、李翺、皇甫湜、沈亞之、孫樵、孟郊、賈島、盧仝、劉乂、李賀等人。❶羅先生論述到韓愈所交游的對象，一共有陳

❶ 錢基博：《韓愈志》，臺北，河洛出版社，民國六十四年。

羽、李觀、歐陽詹、侯喜、陸傪、張署、孟郊、柳宗元、楊憑、楊凝、楊敬之、劉禹錫、皇甫湜、元稹、白居易等人，❷都是與韓愈交往較為密切的人物。本文則是想要討論韓愈與王仲舒二人之間的交誼情況、彼此影響。

二、韓王二人，同時被貶至廣東

王仲舒（西元七六二至八二三年）字弘中，山西太原人，生於唐肅宗寶應元年（西元七六二年），年長韓愈六歲（韓愈生於唐代宗大曆三年，西元七六八年），仲舒的曾祖父玄暕，曾歷官為侍御史、殿中侍御使、監察御史，而以比部員外郎終。仲舒的祖父景淵，曾任丹陽太守。仲舒的父親政，曾任襄州及鄧州防禦使、鄂州採訪使，贈工部尚書。仲舒的母親李氏，也受贈為渤海郡太君，可說是官宦世家。但是，仲舒之父早卒，他少而孤貧，事母至孝，聞於鄉里，稍長，嗜學工文，所與結交，多知名之士，後奉母客居江南，與梁肅、楊憑交游，讀書著文，聲譽漸著。

德宗貞元十年（西元七九四年），仲舒年三十三歲，十二月，策試賢良方正直言極諫科，得登乙第，起拜左拾遺。時韓愈年方二十七歲，在京城應博學宏辭試，未第，二人自亦無緣

相識。❸

貞元十九年（西元八〇三年），仲舒年已四十二歲，為吏部員外郎，時德宗欲以裴延齡為相，仲舒上疏，亟論裴延齡矯誕大言，中傷良善，不得為相，德宗心雖怏怏，亦無可奈何，久而覺悟，則亦嘉許仲舒能直言無欺。時同列有韋執誼者，恃恩自得，眾多承媚，仲舒鄙其為人，不直視之，由此牾逆執誼，執誼讒之，仲舒因被貶為連州司戶參軍。連州在今廣東連山縣一帶，唐時曾置州郡。

前此貞元十七年（西元八〇一年）時，韓愈年三十四歲，在長安，為四門博士，貞元十九年，韓愈年三十六歲，在長安，為監察御史，則其與王仲舒，同官京都，相處數年，自當相識，而有交往。是年，關中夏逢亢旱，秋又早霜，田種所收，十不存一，人民饑餓寒餒以死者，相為枕藉，以至有「棄子逐妻，以求口食，坼屋伐樹，以納稅錢」❹者，韓愈於是上〈論天旱人饑狀〉，祈求皇上，「伏乞特敕京兆府應今年稅錢及草粟等在百姓腹內徵未得

---

❷ 羅聯添：《韓愈研究》，臺北，臺灣學生書局，民國六十六年。

❸ 王仲舒的生平，參新舊《唐書本傳》。

❹ 韓愈：〈御史臺上論天旱人饑狀〉，載《韓昌黎文集校注》卷八，臺北，世界書局，民國五十六年，下引《韓文》版本並同。

者，並且停徵，容至來年，蠲麥庶得少有存立」，此疏既上，而京兆尹李實，媒孽其後，讒言帝前，十二月，韓愈遂坐貶出為陽山縣令。

陽山縣在廣東，為連州之屬邑，貞元二十年（西元八〇四年）初，韓愈抵達陽山，時王仲舒已在連州，王韓二人，同遭斥謫，又一同貶在荒服邊遠之地，而近在咫尺，自然心有同感，相互憐惜，在情感上，自然也會因此而增進了許多。其歲，王仲舒在連州，與僧徒景常及慧元二人交往甚篤，又嘗從二人行於其居處之後，在「丘荒之間，上高而望，得異處焉」，於是加以整治，「斬茅而嘉樹列，發石而清泉激」，「自是弘中與二人者，晨往而夕忘歸焉，乃立屋以避風雨寒暑」❺，其屋既成，韓愈聞之，乃「請名之」，「名之以屋曰燕喜之亭」，蓋取《詩經．魯頌．閟宮篇》「魯侯燕喜」之句為頌，並且為之而作〈燕喜亭記〉，刻石以誌之。

在〈燕喜亭記〉之中，有三個重點，似乎是極可注意的：

第一，〈燕喜亭記〉說道：

太原王弘中在連州，與學佛人景常元慧游。

又說：

> 却立而視之，出者突然成丘，陷者呀然成谷，窪者為池，而缺者為洞，若有鬼神異物，陰來相之。

傳統的學士大夫，在仕途不能順遂得志之時，往往寄情於山水之間，流連於方外之地，而與釋道之徒，多所往還，因此，王仲舒由吏部員外郎，從京城被貶謫至邊鄙之地連州，作為司戶參軍的小官，在心情上不免充滿了消極之意，怨懟之感，進而與當地的佛教僧人，相互交游，也是極為自然的情形，至於「若有鬼神異物，陰來相之」，雖然只是形容之辭，也可以視為是王韓二人在心情上共同的一種慰藉抒發的表現。

第二，〈燕喜亭記〉中說道：

> 其丘曰竢德之丘，蔽於古而顯於今，有竢之道也。其石谷曰謙受之谷，瀑曰振鷺之瀑，

❺ 韓愈：〈燕喜亭記〉，載《韓昌黎文集校注》卷二。

谷言德，瀑言容也。其土谷曰黃金之谷，瀑曰秩秩之瀑，谷言容，瀑言德也。洞曰寒居之洞，志其入時也。池曰君子之池，虛以鍾其美，盈以出其惡也。泉之源曰天澤之泉，出高而施下也。合而名之以屋曰燕喜之亭，取《詩》所謂「魯侯燕喜」者頌也。

大凡事物，名為客，實為主，循名可以責實，「燕喜之亭」附近諸處的命名，細加思索，從「有竢之道」，「言德」「言容」，「志其入時」，到「虛以鍾其美，盈以出其惡」，「出高而施下」，以至於燕喜而可頌，未必是毫無寓意於其中的，同時，山水之名，曰「竢德」、曰「謙受」、曰「振鷺」、曰「黃金」、曰「寒居」、曰「君子」、曰「天澤」、曰「燕喜」，這些稱呼，如同格言，可以自省、可以自勗、可以自惕、可以自期、可以自盼，也未必是毫無心意寄託於其中的，更重要的，這些，也幾乎都是王韓二人所同具的心情哩！

第三、〈燕喜亭記〉又說：

弘中自吏部郎貶秩而來，次其道途所經，自藍田入商洛，涉淅湍，臨漢水，升峴首以望方城，出荊門、下岷江、過洞庭、上湘水、行衡山之下，繇郴踰嶺，蝯狖所家，魚龍所宮，極幽遐瑰詭之觀，宜其於山水飫聞而厭見也，今其意乃若不足，《傳》曰：

「智者樂水，仁者樂山。」弘中之德，與其所好，可謂協矣，智以謀之，仁以居之，吾知其去是而羽儀於天朝也不遠矣。

王仲舒被貶之後，由長安赴連州，這段路程，由陝西的藍田縣，經過商洛縣，再涉過淅湍之水，經由湖北的漢水，通過峴山，遙望湖南境內江陵縣西北的方城，更經由湖北的荊門縣，而經過湖南的岳陽，由岷江（此指長江）經洞庭湖，上溯湘水，行經衡山縣，再經郴州，而翻越騎田嶺，進入廣東，以至連州。❻王仲舒由京入粵的路程，韓愈敘述得十分詳細曲折，從另一方面看，這豈不也是仕途沉浮的一種象徵？而歸結到王仲舒的仁智兼具，才德雙備，必能在短期之內，「羽儀於天朝」，重返京城，再受大命，這些話語，既以之勗勉王仲舒，也用之以自勵，恐怕才是此文真正的重心吧！何況，韓愈陽山之貶，由京入粵的路途，也正與王仲舒適巧相同呢！❼因此，〈燕喜亭記〉，表面寫景，暗中寫意，以王韓二人的處境而言，應該是不難理解的。

---

❻ 曾一民先生所撰《唐代廣州之內陸交通》一書，民國七十六年國彰出版社出版，其中第三章，論王仲舒及韓愈由長安至廣東之行程，極為詳細。

❼ 同注❻。

三、韓王二人，同時任官於江西

王仲舒在連州不久，移調為夔州司馬，稍後，又移調為荊南節度使裴均的參謀，得五品銜。

憲宗元和四年（西元八〇九年），王仲舒年四十八歲，在長安，為職方郎中知制誥，王仲舒善於屬文，文思溫雅，所為制誥，人多傳寫，穆宗皇帝且嘗有謂：「仲舒之文可思，最宜為誥，有古風。」是年，韓愈年四十二歲，在京城，任國子博士，後轉都官員外郎，王仲舒嘗有〈國子博士韓愈除都官員外郎制〉之作，制曰：

> 朝議郎守國子博士，分司東都上騎都尉韓愈，直亮廉潔，博達而沉厚，守經嗜學，遂探其奧，希古為文，故得其精，美宋玉之微詞，尚楊雄之奇字，為己求道，暗然揚聲，可行尚書都官員外郎，分司東都。❽

此文雖短，而淵懿之氣，也可見及一斑，韓愈對於王仲舒的文章，也曾評道：「所為文章，無世俗氣，其所樹立，殆不可學。」❾又說：「帝思其文，復命掌誥」，「發帝之令，簡古而蔚。」⑩可謂十分中肯，所惜王仲舒所撰之文，已不多見，未能窺其全貌。⑪

元和五年（西元八一〇年），王仲舒年四十九歲，時友人京兆尹楊憑為御史中丞李夷簡所劾奏，貶為臨賀縣尉，親友諸人，無敢過其家者，仲舒乃屢往存問，又宣言於朝，言夷簡掎摭憑罪，遂反坐貶為峽州刺史、又轉為廬州刺史、婺州刺史、蘇州刺史，所至皆有政聲，終復拜為中書舍人。仲舒既至京師，見同列諸人，多邈然少年，乃曰：「豈可復治筆硯於其間哉！上若未棄臣，宜用所長，在外久，固知俗之利病，俾治之，當不自愧。」又曰：「吾老，不樂與少年治文書，得一道，有地之七郡，為之三年，貧可富，亂可治，身安功立，無愧於國家，可也。」宰相以聞於天子，元和十五年（西元八二一年），仲舒年五十九歲，乃除江南西道觀察使，兼御史中丞，開府洪州（今江西南昌縣）。時屬地貧困，仲舒力加整治，三年，而錢餘於庫，粟餘於廩，江西大治。

---

⑧ 見洪興祖：《韓子年譜》，臺灣商務印書館，民國六十七年。

⑨ 韓愈所撰王仲舒之〈墓誌銘〉，載《韓昌黎文集校注》卷七。

⑩ 韓愈所撰王仲舒之〈神道碑〉，載《韓昌黎文集校注》卷七。

⑪ 《全唐文》所收王仲舒所撰之文，除〈國子博士韓愈除都官員外郎制〉之外，尚有〈湖南鄭節度使謝上表〉、〈為荊南節度使謝恩表〉、〈昭凌寢宮議〉、〈崔處士集序〉、〈祭權少監文〉等。

先是，鳳翔府法門寺有護國真身塔，塔內供有釋迦文佛指骨一節，元和十四年（西元八二〇年）正月，天子遣使往鳳翔，迎佛骨入宮內，留禁中三日，乃送往佛寺，於是王公士庶，奔走膜拜，唯恐在後，百姓以致有廢業破產、燒頂灼臂而求供養者，時韓愈在長安，為刑部侍郎，乃上表於天子，諫曰：「佛者，夷狄之一法耳，自後漢始流入中國，上古未嘗有也。」並歷舉古代帝王年壽多屬久長，而自從佛法傳入中土之後，在位帝王，則反享祚不久為例，因此，以為帝王在位，「事佛求福，乃更得禍」，而百姓倣效，「老幼奔波，棄其生業」，「傷風敗俗，傳笑四方」，並建議天子，「乞以此骨，付之水火，永絕根本，斷天下之疑，絕後代之惑」⓬，此表上後，天子震怒，將加極法，大臣裴度崔群等力諫，乃貶韓愈為潮州刺史，愈於三月二十五日，抵達潮州。

元和十四年七月，群臣為天子上尊號，曰「元和聖文神武法天應道皇帝」，大赦天下，七月十三日，恩赦之令，傳抵潮州，十月二十四日，準例量移，改授韓愈為袁州刺史，而於元和十五年（西元八二一年）春，抵達袁州（今江西宜春縣）任所。稍後七月，王仲舒亦自中書舍人改任江南西道觀察使，抵達洪州任所。

唐分天下為十五道，江南西道管轄洪州、江洲、饒洲、虔洲、吉州、信州、撫州、袁州等八州，因此，王仲舒正是韓愈的頂頭上司。王仲舒抵達任所之後，修明吏治，民情融洽，由於當時號稱江南勝景的「滕王閣」正在洪州，但是歷經歲月，滕王閣經已殘舊，王仲舒於是重加整修，完工之後，乃函請韓愈，為之撰寫〈新修滕王閣記〉，刻於閣上，以誌其盛，元和十五年（西元八二一年）十月，此記撰成，在〈新修滕王閣〉之中，也有幾點，值得注意：

第一，貞元十九年（西元八〇三年）時，韓王二人，先後被貶往廣東，當時，王仲舒自吏部員外郎被貶為連州司戶參軍，韓愈自監察御史被貶為陽山縣令，從京城到廣東，二人的職位，都相差無幾，也沒有直接隸屬的關係，因此，在陽山撰寫〈燕喜亭記〉之時，韓愈所用的口氣是，「太原王弘中在連州」，是「乃立屋以避風雨寒暑，既成，愈請名之」，愈請名之，是站在同等同列的立場，以朋友同僚的關係，自動地要求去撰寫此記，可是，元和十五年，王仲舒位為江南西道觀察使，韓愈時任袁州刺史，二人的職務，已有上下之別，更有隸屬的關係，是以韓愈在撰寫〈新修滕王閣記〉之時，口氣已自不同，記中所說的是，「詔以中書舍人太原王公」，是「工既訖功，公以眾飲，而以書命愈曰，子其為我記之」。另外，在陽山撰〈燕喜亭記〉，韓愈所寫的是，「智者樂水，仁者樂山，弘中之德，與其所好，可

⑫ 韓愈：〈論佛骨表〉，載《韓昌黎文集校注》卷八。

謂協矣，智以謀之，仁以居之，吾知其去是而羽儀於天朝也不遠矣」，而在袁州撰〈新修滕王閣記〉，韓愈所寫的是，「竊喜載名其上，詞列三王之次，有榮耀焉，乃不辭而承公命，雖老矣，如獲從公遊，尚能為公賦之」。因此，韓愈謹守著職務上的分際，遣辭用語，審慎貼切的態度，也從而可見一斑。

第二，滕王閣新修既成，王仲舒以書函命請韓愈，撰寫新修閣記，不過，袁州之與洪州，雖同在江南西道的轄區之內，韓愈卻從來不曾親身到過南昌，也從來不曾觀賞過滕王閣周遭的風景，如今卻要為此一陌生的景觀建築，撰寫記文，自然是極不容易的事情，因此，在〈新修滕王閣記〉之中，韓愈便一再地提到對於滕王閣欲往而未得前往的心情，「愈少時，則聞江南多臨觀之美，而滕王閣獨為第一，有瑰偉絕特之稱，及得三王所為序賦記等，壯其文辭，益欲往一觀而讀之，以忘吾憂，繫官於朝，願莫之遂」，這是最早欲往滕王閣而未能前往的心願。「十四年，以言事斥守揭陽，便道取疾，以至海上，又不得過南昌而觀所謂滕王閣者」，這是第二度欲往滕王閣而又未能至的情形。「其冬，以天子進大號，加恩區內，移刺袁州，袁於南昌為屬邑，私喜幸自語，以為當得躬詣大府，受約束於下執事，及其無事且還，儻得一至其處，竊寄目償所願焉」，「而吾州乃無一事可假而行者，又安得捨己所事，以勤館人，則滕王閣又無因而至焉矣」，這是第三度欲往滕王閣而又未能前往的情形。「其江山之好，登望之樂，雖老矣，如獲從公遊，尚能為公賦之」，這是〈新修滕王閣記〉撰成之後，仍然尚未前往滕王閣觀賞的情形。⓭

即使韓愈在元和十五年十月撰成〈新修滕王閣記〉以前，確實不曾前往南昌觀賞過滕王閣的風光，但是，當他在元和十五年冬天，返回長安以前，於情於理，於公於私，他都不會不前往南昌，見一見頂頭上司又是昔日一同淪落天涯的舊友王仲舒，因此，韓王二人在南昌，必然曾經見面，韓王二人的交情，也必然更為加深，當可斷言。

元和十五年冬，韓愈返京途中，曾有〈次石頭驛寄江西王十中丞閣老〉詩一首，詩曰：「憑高試迴首，一望豫章城，人由戀德泣，馬亦別群鳴，寒日夕始照，風江遠漸平，默然都不語，應識此時情。」⓮石頭驛在洪州西二十里，豫章為洪州古稱，詩中所表現的離別之情，沉默之意，都出於戀眷舊友，懷念故人，如果韓愈在袁州時，從來不曾與王仲舒會面相敘，又怎會寫出這種感傷欲泣、不忍分別的詩句呢？對於韓愈所寄此詩，王仲舒是否曾有酬答應之作，已不可考，⓯但是，二人的交誼情感，隨著時間而與日俱增，則是可以肯定的事

⓭ 參胡楚生：〈韓愈「新修滕王閣記」賞析〉，載《興大中文學報》二期。

⓮ 錢仲聯：《韓昌黎詩繫年集釋》卷十二，臺北，河洛出版社，民國六十四年。

⓯ 《全唐詩》僅錄有王仲舒之詩作一首，唯與韓愈無關。

實。

第三，穆宗長慶三年（西元八二四年），王仲舒卒於洪州，享年六十二歲，是年，韓愈五十六歲，在長安，任兵部侍郎，旋又改任吏部侍郎，次年，為撰〈唐故江西道觀察使中大夫洪州刺史兼御史中丞上柱國賜紫金魚袋贈左散騎常侍太原王公神道碑銘〉，又撰〈故江西道觀察使贈左散騎常侍太原王公墓誌銘〉，在這兩篇碑誌之中，韓愈對於王仲舒在任職各地時的政績，都作了詳細的敘述與正面的評價，僅就王仲舒在江南西道觀察使任內整治地方貧困的情形而言，韓愈在〈神道碑〉中敘道：「奏罷榷酤錢九千萬，軍息之無已，掌吏壞產猶不釋，囚之，公至，脫械不問，人遭水旱，賦窘，公曰，我且減燕樂，絕他用錢，可足乎，遂以代之，罷軍之息錢。」在〈墓誌銘〉中敘道：「至則罷榷錢九千萬，以其利與其民，又罷軍吏官債五千萬，悉焚簿文書，又出庫錢一千萬，以丐貧民遭旱不能供稅者。」這些，都是十分具體的事實，嘉惠百姓的措施。但是，在〈新修滕王閣記〉之中，對於王仲舒在江西的政績，韓愈卻僅僅以簡單而抽象的筆法描寫說道：「八州之人，前所不便，及所願欲而不得者，公至之日，皆罷行之，大者驛聞，小者立變，春生秋殺，陽開陰閉，令修於庭戶，數日之間，而人自得於湖山千里之外。」這與〈神道碑〉及〈墓誌銘〉相互對照，繁簡立辨，虛實各異。自然，〈神道碑〉與〈墓誌銘〉是為王仲舒歿後所作的傳記，不妨詳敘政績的優良，而〈新修滕王閣記〉，重點只是整修舊閣，身為修閣主人王仲舒的政績，雖然需要敘述，但卻不能佔據太多篇幅，喧賓奪主，當然，更重要的是，韓愈以部屬的身分，奉命為上司撰文，在記中不欲過分地揄揚觀察使的政績，以免有諂諛上官的嫌疑，這種情形，證之以韓愈倔傲不群的個性，應該是可以理解的。

四、韓愈排佛，對王仲舒的影響

貞元十九年（西元八〇三年），王仲舒在連州時，常與釋家僧人往還，因此，韓愈在為王仲舒撰寫〈燕喜亭記〉時，首先就說：「太原王弘中在連州，與學佛人景常元慧游。」王仲舒既然常與僧人交游，則耳濡目染，日漸以積，對於佛教教理的接觸，以至於有所認識與了解，想來也是十分自然的事情。

可是，當元和十五年（西元八二一年），王仲舒抵達洪州，擔任江南西道觀察使之後，這種情形，卻發生了很大的轉變，他一反從前與僧人往還的情形，而嚴厲地禁止了佛教的流傳，這種情形，韓愈在〈新修滕王閣記〉之中，雖然不曾提到，但是，王仲舒卒後，韓愈在為他所撰寫的〈神道碑〉中，提到王仲舒在江西的政績時，卻曾說道：「禁浮屠誑誘，壞其舍以葺公宇，三年，法大成，錢餘於庫，粟餘於廩，人享於田廬，謳謠於道途。」另外，韓愈在為王仲舒所撰寫的〈墓誌銘〉中，也曾經說道：「禁浮屠及老子為僧道士，不得於吾界內，因山野立浮屠老子像，以其誑丐漁利，奪編人之產，在官四年，數其蓄積，錢餘於庫，米餘於廩。」王仲舒在江西嚴禁佛老，禁立繪像，甚至壞其屋舍以修葺公宇的情形，幾乎就是韓愈在〈原道〉中所呼籲的「人其人，火其書，廬其居」，在〈佛骨表〉中所強調的「投諸水火，永絕根本」的實踐。

從貞元十九年（西元八〇三年）到元和十五年（西元八二一年），這十多年間，王仲舒對於佛教僧人的態度，竟然有了如此巨大的轉變，論其原因，應該是受到韓愈的影響。

貞元十九年及二十年，王仲舒及韓愈二人，先後從京城的顯宦，被貶謫到偏遠的廣東，二人同病相憐，情誼自然日益增進。元和十四年（西元八二〇年），韓愈因力諫天子迎供佛骨，將加極法，幸大臣挽救，乃被貶為潮州刺史，而直聲震動天下，元和十五年，韓愈轉任袁州刺史，稍後，王仲舒又抵達洪州，擔任江南西道觀察使。王仲舒在洪州，一方面，他內心必然為舊友韓愈的被貶而深感不平，另一方面，他也有鑑於韓愈在〈佛骨表〉中所說的，「百姓愚冥，易惑難曉」，「斷臂臠身，以為供養」，「老少奔波，棄其業次」，〈原道〉中所說的「奈之何民不窮且盜也」，因而妨礙到社會秩序、傷害到社會經濟的情況，⓰而有所警惕，所以，他才斷然下令，在江南西道境內，嚴禁佛老的流行。

王仲舒的這種與天子好惡相違戾的大膽作風，不僅顯示出他那敢作敢為的個性，也顯示出他那深念故舊的心情。韓愈在為王仲舒所作的〈墓誌銘〉及〈神道碑〉中，說仲舒對於友朋是，「與其友交，順若婦女」，但是，對於立身行己，又具有「不比于權，以直友冤」的態度，對於處理大事，更具有「氣銳而堅，又剛以嚴」的性格，同時，韓愈對於王仲舒「禁絕浮屠，風雨順易，秔稻盈疇，人得其所」的措施，也給予了高度的評價與肯定。

五、結語

穆宗長慶三年（西元八二三年）冬，王仲舒卒於洪洲江南西道觀察使任內，享年六十二歲，韓愈時在長安，任京兆尹兼御史大夫，為之作〈神道碑〉及〈墓誌銘〉，[17]極盡哀輓之意，〈神道碑〉與〈墓誌銘〉，敘述王仲舒的生平政績，頗為詳密，同時，「二文無一字

16 陳寅恪先生有〈論韓愈〉一文，收入所著《金明館叢稿》之中，曾討論到韓愈排佛時所注意的經濟因素。

17 《新舊唐書》王仲舒本傳，即根據韓愈所撰之〈神道碑〉及〈墓誌銘〉而寫成。

同」⓲，可知確是韓愈極為用心的作品，且文字篇幅，頗為長大，方苞曾說：「退之於鉅人碑誌，不立間架，其辭之繁簡，一視功績之大小，而首尾神氣，自相灌注，不可增損。」⓳證之於韓愈為王仲舒所撰寫的〈神道碑〉與〈墓誌銘〉，方苞的這種見解，到是恰當不過的。

要之，韓愈與王仲舒二人，年輩相近，遭遇略同，心情意氣，易生感應，而數十年間，交情日密，論學處事，相互之際，頗多影響，因此，王仲舒在韓愈所交往的師友弟子同僚之中，應當也是一位值得注意的對象，不過，二人的友誼關係，歷來討論者，殊不多見，故乃為之表出如上，以供知人論世者參考之用。

（此文原刊載於國立中興大學《文史學報》第二十二期，民國八十二年出版）

⓲ 見曾國藩《求闕齋讀書錄》卷八。
⓳ 引見姚範《援鶉堂筆記》卷四十。

貳、韓愈「贈序文」的寫作技巧

一、引言

「贈序」是一種臨別贈言性質的作品，老子說：「君子贈人以言。」意義是與此相近的，「贈序」在體裁上，是由「書序」發展而成，「書序」的作品，起源很早，像《莊子》的〈天下篇〉、《史記》的〈太史公自序〉、《淮南子》的〈要略篇〉、《法言》的〈吾子篇〉，都已經是「書序」的性質，等到許慎《說文解字》的〈序〉，那已經是正式的為「書」作「序」的作品了。

魏晉以下，文人學士，雅集宴遊，吟詩作賦，然後以文章記述其事，也稱之為「序」，例如王羲之的〈蘭亭集序〉、王勃的〈滕王閣序〉，都是膾炙人口的傑出作品，其性已不同於「書序」之作。

初唐文壇，親朋好友，在離別之際，往往贈以叮嚀之言，遂成為「贈序」的文體，贈序的內容，一般都是敘說彼此之間的友誼關係，給予對方的期勉之言，或者是藉以抒發自己的心得見解，這種文體，到了中唐，才真正地興盛起來，而韓愈尤其是撰寫「贈序」的能手。

在韓愈的文集中，一共收錄了三十二篇「贈序」作品，林琴南在《韓柳文研究法》中曾說道：「昌黎集中銘誌最多，而贈序次之，無篇不道及身世之感，然匪有同者。」又說：「贈送序，是昌黎絕技，歐王二家，王得其骨，歐得其神，歸震川亦可謂能變化矣，然安能如昌黎之飛行絕跡邪！」❶林紓對於韓愈的贈序文，是非常讚美的，他又以為，韓愈的贈序作品，每篇的結構用意，都不盡相同，這更是推崇了韓愈贈序文的成就。

以下，就略分類別，分析韓愈贈序文的寫作技巧。

二、寫作技巧

㈠起筆變化

在贈序的作品中，韓愈所使用的起筆變化，最有可觀之處，有時，他直接從敘述引入主題，有時，又從議論引入主題，有時，又從描寫景物地理引入主題，起筆寫作，變化多端，而其文章，卻是一貫地明快有力，例如〈送區冊序〉說：

> 陽山，天下之窮處也，陸有丘陵之險，虎豹之虞，江流悍急，橫波之石，廉利侔劍戟，舟上下失勢，破碎淪溺者，往往有之。

又如〈送陳密序〉說：

> 太學生陳密請於余曰：「密承訓於先生，今將歸覲其親，不得朝夕見，願先生賜之言，密將以為戒。」❷

這些都是直接從敘述中引入文章主題的例子，〈送區冊序〉，是德宗貞元十九年，韓愈被貶

---

❶ 見林紓：《韓柳文研究法》，臺北，廣文書局，民國五十三年一月初版。

❷ 見馬其昶：《韓昌黎文集校注》，臺北，世界書局，民國五十六年五月再版，下引韓愈文並同。

為廣東陽山縣令時所作，故文章開始，直接陳述陽山地區的艱苦情況，〈送陳密序〉，是由於陳密前來太學，舉明經，累年不能獲選，因將歸省其親，而轉習三《禮》，故韓愈於文章起筆處，即直接敘說陳密請歸之事。又如〈送浮屠文暢師序〉說：

人固有儒名而墨行者，問其名則是，校其行則非，可以與之游乎？如有墨名而儒行者，問之名則非，校其行而是，可以與之游乎？楊子雲稱，在門牆則揮之，在夷狄則進之，吾取以為法焉。

又如〈送齊皞下第序〉說：

古之所謂公無私者，其取捨進退，無擇於親疏遠邇，唯其宜可焉，其下之視上，亦唯視其舉黜之當否，不以親疏遠邇疑乎其上之人，故上之人行志擇誼，坦乎其無憂於下也，下之人剋己慎行，確乎其無惑於上也，是故為君不勞而為臣甚易，見一善焉，可得詳而舉也，見一不善，可得明而去也。

這些都是由議論中引入文章主題的例子，浮屠文暢，本是韓愈心中所欲排拒的對象，但是，礙於好友柳宗元的請託，不得不為之宛轉進言，因此，在文章之始，便從「儒名墨行」和「墨名儒行」的分別上，反覆議論，然後再轉入到文暢本身，而終之以聖人之道，加以開示。至於齊皞應試，不幸落第，主要由於他是宰相齊映之弟，主持考試的有司，為了避免阿附宰相的嫌疑，有意加以枉黜，因此，韓愈在此文之首，先加議論，提出了「公」字，作為主綱，而與「私」字相對，以定當否，以勉勵齊皞。又如〈送廖道士序〉說：

五岳於中州，衡山最遠，南方之山，巍然高而大者以百數，獨衡為宗，最遠而獨為宗，其神必靈。

又如〈送竇從事序〉說：

踰甌閩而南，皆百越之地，於天文，其次星紀，其星牽牛，連山隔其陰，鉅海敵其陽，是維島居卉服之民，風氣之殊，著自古昔。

這些都是從地理環境上引入文章主題的例子，〈送廖道士序〉，由於廖道士是衡山的道士，因此，韓愈此文，先從衡山在五岳中的地理位置說起，然後引入山高水清，神氣所感，以至無迷佛老的主旨。在〈送竇從事序〉中，因為竇平於德宗貞元二十二年被任命為廣州從事，因此，韓愈此文，便從閩南百越的地理位置說起，再引入到眾人賦詩贈送竇平赴任的主題上去。

以上這些變化多端的起筆方式，韓愈在「贈序」類的古文作品之中，運用得各極其妙，十分生動。

㈡譬喻手法

譬喻的方式，大抵是借彼喻此，借著其他的事物，來比喻眼前的事物，修辭學者，往往將譬喻分為明喻、隱喻、借喻等項，目的都在彰明想要說明的主旨，韓愈在贈序文中，對於譬喻的運用，也十分熟練，例如〈送溫處士赴河陽軍序〉說：

伯樂一過冀北之野，而馬群遂空，夫冀北馬多天下，伯樂雖善知馬，安能空其群邪？解之者曰，吾所謂空，非無馬也，無良馬也，伯樂知馬，遇其良，輒取之，群無留良

> 焉，苟無良，雖謂無馬，不為虛語矣，東都，固士大夫之冀北也，恃才能深藏而不市者，洛之北涯曰石生，其南涯曰溫生。大夫烏公以鈇鉞鎮河陽之三月，以石生為才，以禮為羅，羅而致之幕下，未數月也，以溫生為才，於是以石生為媒，以禮為羅，又羅而致之幕下。

此文以譬喻引起，主要是以伯樂比喻烏重胤，以冀北比喻東都洛陽，以馬群比喻士大夫之多，以溫造比喻良馬，此文前段，以溫生為主，後段文字，以烏公為主，主要在於以溫生之賢，襯托出烏公能識人才為尤賢，也如千里馬為良馬，而襯托出伯樂能識千里馬尤為難得。

又如〈送權秀才序〉說：

> 伯樂之廄多良馬，卞和之匱多美玉，卓犖瓌怪之士，宜乎遊於大人君子之門也，相國隴西公既平汴洲，天子命御史大夫吳縣男為軍司馬，門下之士權生實從之來。

此文也以譬喻引起，主要是以伯樂卞和比喻隴西公董晉，以良馬美玉比喻權秀才，然後才引出韓愈所說，「常觀於皇都，每年貢士至千餘人，或與之遊，或得其文，若權生者，百無一二焉」，對於權生的稱美主旨。又如〈送石處士序〉說：

> 先生居嵩邙瀍穀之間，冬一裘，夏一葛，食朝夕，飯一盂，蔬一盤，人與之錢，則辭，請與出遊，未嘗以事辭，勸之仕，不應，坐一室，左右圖書，與之語道理，辨古今事當否，論人高下，事後當成敗，若河決下流而東注，若駟馬駕輕車，就熟路，而王良造父為之先後，若燭造數計而龜卜也。

此文中所用的譬喻之辭，都是形容石洪的讀書多，積理富，判斷事項，所料如神，所以，連用三個「若」字，而以「河決下流而東注」、「駟馬駕輕車，就熟路，而王良造父為之先後」、「燭照數計而龜卜」作為比喻之內容，主要在於彰明石洪的才學高明。譬喻的運用，使得韓愈的贈序文，更增加了靈活與變化。

㈢主客對比

韓愈在贈序文的寫作上，常常以主客對比的方式，將文章的主旨呈現出來，例如〈送楊少尹序〉說：

昔疏廣受二子，以年老，一朝辭位而去，于時公卿設供帳，祖道都門外，車數百兩，道路觀者，多歎息泣下，共言其賢，漢史既傳其事，而後世工畫者，又圖其跡，至今照人耳目，赫赫若前日事。

國子司業楊君巨源，方以能詩訓後進，一旦以年滿七十，亦白丞相，去歸其鄉，世常說古今人不相及，今楊與二疏，其意豈異也？予忝在公卿後，遇病不能出，不知楊侯去時，城門外送者幾人？車幾兩？馬幾疋？道邊觀者，亦有歎息知其為賢以否？而太史氏又能張大其事，為傳繼二疏蹤跡否？不落寞否？見今世無工畫者，而畫與不畫，固不論也。

然吾聞楊侯之去，丞相有愛而惜之者，白以為其都少尹，不絕其祿，又為歌詩以勸之，京師之長於詩者，亦屬而和之，又不知當時二疏之去，有是事否？古今人同不同，未可知也。

此文寫作，以楊巨源為主，但是，楊巨源在朝中的官爵，並不顯赫，在學問以及德業方面，也都缺乏優異的表現，而年滿七十，告老還鄉，也是仕途的常情，因此，韓愈卻從漢代入手，上溯了一千多年，從歷史上找出了疏廣疏受二人，作為與楊巨源比較的對象。第一段以二疏為主，以見楊巨源之辭位歸鄉，不足與二疏相提並論。但是，第二段卻以楊巨源為主，兩相對比，以為楊巨源或有勝於二疏之處。第三段，則主客對照，再翻上一層，以為楊巨源所有之事，二疏未必擁有，以見楊巨源之勝過二疏。此文作法，以主客對比，襯託出主題的格外呈現，是一種借彼形此的方法。又如〈送李愿歸盤谷序〉說：

愿之言曰：「人之稱大丈夫者，我知之矣，利澤施于人，名聲昭于時，坐于廟朝，進退百官，而佐天子出令，其在外，則樹旗旄，羅弓矢，武夫前呵，從者塞途，供給之人，各執其物，夾道而疾馳，喜有賞，怒有刑，才畯滿前，道古今而譽盛德，入耳而不煩，曲眉豐頰，清聲而便體，秀外而慧中，飄輕裾，衣長袖，粉白黛綠者，列屋而閑居，妬寵而負恃，爭妍而取憐，大丈夫之遇知於天子，用力於當世者之所為也，吾非惡此而逃之，是有命焉，不可幸而致也。

窮居而野處，升高而望遠，坐茂樹以終日，濯清泉以自潔，採於山，美可茹，釣於水，鮮可食，起居無時，惟適之安，與其有譽於前，孰若無毀於其後，與其有樂於身，孰若無憂於其心，車服不維，刀鋸不加，理亂不知，黜陟不聞，大丈夫不遇於時者之所為也，我則行之。

此文寫作，主要在於借李愿之口，說出兩種典型之人物，第一種為得志之人，此段為客，第二種為隱遁之人，此段方才是主，此文寫作，藉著主客的對比，而引申出韓愈在此文末段歌辭中所說的「從子于盤兮，終吾生以徜徉」的主旨。

一篇文章之中，有主有客，主是一篇的主旨題意，客是對照著主旨題意的襯託部分，韓愈在贈序文中，時常運用主客對照，借客襯主的方式，去彰明一篇的主題。

(四)主題貫串

韓愈贈序文中，往往有主題明確，於一篇之中，足以貫串全文者，例如〈送孟東野序〉說：

> 大凡物不得其平則鳴。草木之無聲，風撓之鳴。水之無聲，風蕩之鳴。其躍也，或激之，其趨也，或梗之，其沸也，或炙之。金石之無聲，或擊之鳴，人之於言也亦然，有不得已者而後言，其歌也有思，其哭也有懷，凡出乎口而為聲者，其皆有弗平者乎？
>
> 樂也者，鬱於中而泄於外者也，擇其善鳴者而假之鳴，金石絲竹匏土革木八者，物之

善鳴者也。維天之於時也然，擇其善鳴者而假之鳴，是故以鳥鳴春，以雷鳴夏，以蟲鳴秋，以風鳴冬，四時之相推敓，其必有不得其平者乎？其於人也亦然，人聲之精者為言，文辭之於言，又其精也，尤擇其善鳴者而假之鳴。

其在唐虞，咎陶禹，其善鳴者也，而假以鳴。夔弗能以文辭鳴，又自假韶以鳴，夏之時，五子以其歌鳴，伊尹鳴殷，周公鳴周，凡載於詩書六藝，皆鳴之善者也。周之衰，孔子之徒鳴之，其聲大而遠，傳曰：「天將以夫子為木鐸。」其弗信矣乎！其末也，莊周以其荒唐之辭鳴，楚，大國也，其亡也，以屈原鳴，臧孫辰孟軻荀卿，以道鳴者也，楊朱墨翟管夷吾晏嬰老聃申不害韓非慎到田駢鄒衍尸佼孫武張儀蘇秦之屬，皆以其術鳴，秦之興，李斯鳴之，漢之時，司馬相如楊雄，最其善鳴者也。其下魏晉氏，鳴者不及於古，然亦未嘗絕也，就其善者，其聲清以浮，其節數以急，其辭淫以哀，其志弛以肆，其為言也，亂雜而無章，將天醜其德，莫之顧邪？何為乎不鳴其善鳴者也？

唐之有天下，陳子昂蘇源明元結李白杜甫李觀，皆以其所能鳴，其存而在下者，孟郊東野，始以其詩鳴，其高出魏晉，不懈而及於古，其他浸淫乎漢氏矣，從吾遊者，李翱張籍其尤也，三子者之鳴信善矣，抑不知天將和其聲而使鳴國家之盛邪？抑將窮餓其身，思愁其心腸，而使自鳴其不幸邪？三子者之命則懸乎天矣，其在上也奚以喜，其在下也奚以悲，東野之役於江南也，有若不釋然者，故吾道其命於天者以解之。

孟郊年過五十，被任為溧陽尉，韓愈作此序安慰他，從孟郊擅長的詩歌入手，而在此文之中，韓愈以一「鳴」字，作為主旨，貫串全篇，他從「大凡物不得其平則鳴」，說到自然界的草木水聲金石的鳴聲，到樂器四時的鳥蟲鳴聲，再從歷史人物上細加論數，由唐虞咎陶大禹，以至夏商周代以訖兩漢魏晉的文人學士，皆以文學作品以善其鳴，直到唐有天下，詩人輩出，而孟郊也「以其詩鳴，其高出魏晉，不懈而及於古」，對於孟郊之詩，作出了肯定的評價，用以寬慰孟郊的心情，也點出了此文的重心，謝疊山在所輯的《正續文章軌範》中說：「此篇凡六百二十七字，鳴字三十九，讀者不覺其繁，何也？句法變化，凡二十九樣，有頓挫、有起伏、有抑揚，如層峰疊巒，如驚濤怒浪，無一句怠慢，無一字塵埃，愈讀愈可愛。」茅坤在所纂的《唐宋八大家文鈔》中說：「一鳴字成文，乃獨得機軸，命世筆力也。」都是極為中肯的批評。又如〈送高閑上人序〉說：

苟可以寓其巧智，使機應於心，不挫於氣，則神完而守固，雖外物至，不膠於心。堯舜禹湯治天下，養叔治射，庖丁治牛，師曠治音聲，扁鵲治病，僚之於丸，秋之於奕，伯倫之於酒，樂之終身不厭，奚暇外慕！夫外慕徙業者，皆不造其堂，不嚌其胾者也。往時張旭善草書，不治他技，喜怒窘窮，憂悲愉佚，怨恨思慕酣醉，無聊不平，有動於心，必於草書焉發之，觀於物，見山水崖谷，鳥獸蟲魚，草木之花實，日月列星，風雨水火，雷霆霹靂，歌舞戰鬥，天地事物之變，可喜可愕，一寓於書，故旭之書，變動猶鬼神，不可端倪，以此終其身而名後世。

今閑之於草書，有旭之心哉？不得其心而逐其跡，未見其能旭也。為旭有道，利害必明，無遺錙銖，情炎於中，利欲鬥進，有得有喪，勃然不釋，然後一決於書，而後旭可幾也。今閑師浮屠氏，一死生，解外膠，是其為心必泊然無所起，其於世必淡然無所嗜，泊與淡相遭，頹墮委靡，潰敗不可收拾，則其於書，得無象之然乎！然吾聞浮屠人善幻，多技能，閑如通其術，則吾不能知矣。

送高閑上人，因其善草書，而張旭也以草書成名，故此文即以高閑上人與張旭作出比較，張旭之能善於草書，全在於專心致志，心無二用，用志不紛，乃凝於神，故此文告戒高閑上人，欲效法張旭，必需「機應於心，不挫於氣，則神完而守固，雖外物至，不膠於心」，方能有所成就，故此文即就「機應於心」一語，貫串全篇，篇末，並告戒高閑上人，師浮屠氏，「心必泊然無所起」，「世必淡然無所嗜」，「泊與淡相遭，頹墮委靡，潰敗不可收拾」，不僅荒廢於書，也荒廢於道，以示闢佛之意。

要之，文章中如有主旨特別明朗，其意義足以貫串全篇者，則韓愈在撰寫此文之時，即特別章顯其意旨，貫串全篇，再予發揮。

㈤氣勢充沛

韓愈論文，注重文章內在的氣勢，在〈答李翊書〉中，他曾說道：「氣，水也，言，浮物也，水大而物之浮者大小畢浮，氣之與言，猶是也，氣盛，則言之短長與聲之高下者皆宜。」在古文作品中，韓愈也確實踐行了他自己的理論，無論是長句或短句，無論是聲調的高低，他都能做到氣勢充盛，沛然莫禦，這種情形，在「贈序」類的作品中，也表現得十分明顯，例如〈送王塤秀才序〉說：

> 夫沿河而下，苟不止，雖有遲疾，必至於海，如不得其道也，雖疾不止，終莫幸而至焉，故學者必慎其所道，道於楊墨老莊佛之學，而欲之聖人之道，猶航斷港絕潢以望

至於海也。

韓愈所說的「氣」，與孟子所說的「浩然之氣」，十分相似，只是，孟子的「浩然之氣」，純粹是一種德性的修養，韓愈的「氣」，則是一種充塞在文章之中，沛然莫禦的氣勢，韓愈在他的古文中，經常以持續不斷的文義，長短交錯的文句，快速的節奏，一氣貫下，以氣勢駕馭文字，以氣勢主導文章，因此，在一段文章之內，往往句讀雖可點斷，而文義則綿亙不絕，氣勢也一貫傾瀉而下，形成了一股文章內在氣勢的洪流，使人感受到一種磅礡的氣勢，這種感覺，當人們在將韓愈的古文張口啟齒放聲疾讀之時，感受也最為深切。又如〈送楊少尹序〉說：

不知楊侯去時，城門外送者幾人？車幾兩？馬幾疋？道邊觀者，亦有歎息知其為賢以否？而太史氏又能張大其事，為傳繼二疏蹤跡否？不落寞否？

此文中的「不知」，文義一直貫串到「不落寞否」，當人們在誦讀此文時，隨著句逗，略作停頓，但是，文義卻不曾間斷，文氣也不曾間斷，必須一氣讀下，方能停止，這便是氣勢充沛的表現。又如〈送廖道士序〉說：

其水土之所生，神氣之所感，白金水銀丹砂石英鍾乳橘柚之包，竹箭之美，千尋之名材，不能獨當也，意必有魁奇忠信材德之民生其間，而吾又未見也，其無乃迷惑於佛老之學而不出邪！

這些文句，有長有短，交錯在一起，我們只要略加誦讀，就會感覺到，確有一股逼人而來的氣勢，似乎在推動著文章的進行，使人口誦不已，不易停頓。

蘇洵在〈上歐陽內翰書〉中說：「韓子之文，如長江大河，渾浩流轉，魚黿蛟龍，萬怪惶惑，而抑絕蔽掩，不使外露，而人望見其淵然之光，蒼然之色，亦自畏避，不敢逼視。」這種氣勢充沛的特色，在韓愈的贈序文中，也時時會感受得到。

三、結語

錢基博在《韓愈志・韓集籀讀錄第六》中曾經說道：「閱《昌黎集》卷十九之二十一，

送人序，其中有端凝簡峭而如史筆者，如〈送幽州李端公序〉、〈送殷員外序〉、〈送石處士序〉、〈送溫處士赴河陽軍序〉、〈送鄭尚書序〉、〈送水陸轉運使韓侍御歸治所序〉，是也。有婀娜搖曳以為多姿者，如〈送許郢州序〉、〈送李愿歸盤谷序〉、〈送董邵南序〉、〈贈崔復州序〉、〈送王秀才含序〉、〈送楊少尹序〉，是也。大抵端凝簡峭，斯見勁，王安石以之，婀娜搖曳，則餘妍，歐陽修以之。」❸

錢基博先生在《韓愈志》中，提到韓愈的贈序文，有「端凝簡峭」和「婀娜搖曳」兩種不同的風格，筆者此文，則從寫作技巧上探析韓愈贈序文的各種方式，其實，韓愈的贈序文中，變化多樣，不易端倪，讀者從不同的角度，加以探索，雖或能夠各自得其一理，但卻不易觀見韓愈贈序文的全體，此文之作，也只能就一己之所窺知，試加論說，能否有當，尚請讀者多加指正。

（此文原刊載於國立中正大學《第五屆唐代文化學術研討會論文集》，民國八十九年出版）

---

❸ 見錢基博：《韓愈志》，臺北，河洛圖書出版社，民國六十四年三月臺初版。

參、讀段文昌〈平淮西碑〉

一、引言

唐憲宗元和九年（西元八一四年），彰義節度使吳少陽卒，其子吳元濟據蔡州（今河南汝南縣）而叛，朝廷乃命將討伐。元和十二年（西元八一七年），擒吳元濟，平定淮西。此為中唐時代，討伐叛逆最重要之戰役，此次戰役，韓愈為行軍司馬，襄助宰相裴度，立下功勳，回朝後，並奉詔撰寫〈平淮西碑〉，以紀聖功，該文更是韓愈記功碑中最為重要的作品。

韓愈〈平淮西碑〉，於元和十三年（西元八一八年）三月二十五日撰成，進獻之後，因碑中多敘裴度之事，而入蔡州擒吳元濟者，為大將李愬，愬妻乃唐安公主之女，出入禁中，申言韓碑不實，上訴之天子，憲宗乃詔令磨去韓碑，令翰林學士段文昌重為撰文勒石。❶

❶ 參新舊《唐書·憲宗本紀》、《舊唐書·韓愈傳》。

韓愈〈平淮西碑〉，相關各事，甚多疑點，羅聯添教授撰有「論韓愈〈平淮西碑〉」[2]一文，曾對韓愈此碑之寫作過程，碑文主旨，廢碑與重撰，以及若干評論觀點，加以釐清，並針對韓愈與段文昌所撰之兩篇〈平淮西碑〉，將其結構綱要，列表對照，加以比較，而得出五項結果，其中最為重要者，節錄如下：

一、韓愈出征淮西，襄助裴度，平淮事功，最為熟悉，憲宗命其撰碑，蓋以韓愈為最適當人選，似非有取於韓愈之古文。

二、韓愈撰碑紀聖功，以天子明斷為主旨。於君（憲宗）、相（裴度）、將（李愬等）三者事功本末大小，落筆輕重，十分妥切，並無壓抑李愬，歸功裴度之意。

三、韓碑遭廢棄，憲宗命段文昌重撰，非因韓愈撰寫不得體，乃由於當時河北山東藩鎮之亂未平，仍須借重武臣，《新唐書》〈吳元濟傳〉所謂「難忤武臣心」，洵得其實。

四、段碑結構組織，肖似韓碑，疑段文昌重撰，參考韓碑。總觀段碑，其文辭誠不如韓碑平實具體，簡潔有力，複沓空衍，隨處可見。

五、韓愈〈平淮西碑〉，旨在記聖功，顯現天子之明斷。

羅教授的大作，對於唐平淮西，韓段二人撰碑之因由內容，分析詳密，評論尤為精審。

本文所欲討論之重點，則在探討段文昌奉詔重撰碑文後之心理狀況，以及撰寫碑文之方法與技巧等問題。

二、段碑之撰寫方式

〈平淮西碑〉，韓愈既已奉詔撰成於前，段文昌卻又奉詔重撰於後。撰碑之時，韓愈年已五十一歲，不但曾官為彰義軍行軍司馬，親身隨征，參與軍機，勦滅叛亂，立有功勳，回朝後，又被擢為刑部侍郎。且在當時，韓愈擅長古文的聲譽，早已名滿天下，許多重要的文章，如〈曹成王碑〉等，也已膾炙人口，而段文昌是時，位居翰林學士，❸職位雖不在韓愈之下，文名卻不必在韓愈之上。但是，奉天子詔令，碑文不得不撰，撰成，又必為世人所矚

❷ 羅聯添教授：「論韓愈〈平淮西碑〉」，載羅教授著：《唐代四家詩文論集》，臺北，學海出版社，民國八十五年十二月。

❸ 段文昌字墨卿，一字景初，元和中，為翰林學士，穆宗時入相，出為劍南節度使，文宗立，拜御史大夫，封鄒平郡公，四川節度使，精饌事，自編《食經》五十卷，《唐書》卷八十九，《舊唐書》卷一百六十七有傳。

目，取與韓碑，多作比較，也是世俗之常情，則處於當時的情況之下，段文昌心中所承受的壓力，沉重可知，也因此，〈平淮西碑〉，究竟應該如何落筆，才算妥當？想來也是段文昌煞費苦思的地方。

對於段文昌受詔後所面臨的問題，一方面，我們可以設身處地，以同理心，思考段文昌心中會如何去設想文章的立意布局，修辭命義，謀篇成章。另一方面，言為心聲，我們可以從段文昌所寫的碑文中，去體會他設想立意，寫作重點，到完成該文的心路歷程。

段文昌的〈平淮西碑〉，現仍存在於《全唐文》、《唐文粹》、《文苑英華》之中，[4]我們取以詳加玩索，再設身處地，以意逆志，似乎也可以大略地推測出段氏撰文時的種種用心。

以下，將個人所體會到的一些重點，記錄於後：

㈠基本原則，求與韓碑立異

當然，舉凡各種事情，開創者易於為功，後起者難以為繼，處在當時文名已盛的韓愈之後，想要再度抒寫相同的題材事件，確實不易見效，更遑論求其超越前作。但是，反過來說，後繼者有陳規在前，導夫先路，憑藉在手，可以斟酌損益，取長補短，則也可以後出轉精，翻勝前作。就看繼起者如何去經營而已。

韓愈〈平淮西碑〉，既已撰寫在前，段文昌重撰〈平淮西碑〉，推測其心理，最基本的立場，是希望針對韓愈之作，取為殷鑑，能夠改弦易轍，另闢途徑，別出心裁，與之立異，在碑文的面目及寫作的技巧上，先求其與韓碑有所不同，進一步，再求能夠後出轉精，勝過韓碑。在此一基本立場上，再尋覓出各種撰碑的技巧。否則，如果一味地唯韓碑馬首是瞻，步趨其後，依樣葫蘆，自然難於擺脫窠臼，更不用說到出奇制勝了。

由於此一基本立場，自然引出了一些技術上的應用原則，以下所述的各種類例，也是從這一基本立場所產生出來的幾項應用原則。

㈡抒寫文體，改古文用駢儷

駢儷文學，盛於魏晉六朝時期，至於唐代，其體並未全衰，所以，韓愈起而推動古文運動，方始受到「文起八代之衰」❺的稱許之詞。

❹ 段文昌：〈平淮西碑〉，現存《全唐文》卷六一七，《唐文粹》卷五十九，《文苑英華》卷八七二。

❺ 見蘇軾：〈潮州韓文公廟碑〉，載《蘇文忠公集》。

韓愈柳宗元等所提倡的古文，以散體書寫，言多具體實在，少用典故，欲人明白曉暢，逕直瞭解文義。六朝以來的駢文，以偶語書寫，言較抽象凌空，多用典故，意在文辭之外，欲人體察玩味，曲折從容，悟得意趣。

中唐時代，駢儷之體，並未完全衰歇，韓愈與柳宗元本人，也都有賦體駢儷的作品多篇。❻

韓愈的〈平淮西碑〉，以古文撰成，段文昌的〈平淮西碑〉，則大體改以駢儷之文書寫，不但行文多所偶對，文中也大量採用典故，表達玄言祕旨。

例如段文昌〈平淮西碑〉在敘述憲宗皇帝面對藩鎮叛亂時說道：

> 惟我后握樞出震，端扆嚮明，考上玄之心，思祖宗之意，掃滌區宇，光啟帝圖，不以萬乘為尊，四海為富，遵大禹櫛風之志，有光武一夜之勤，以為景擒七國而漢民安，成剪三監而周化洽，焉有患難未去而德教可興。❼

憲宗登基之後，各地藩鎮軍帥楊惠琳、劉闢、李錡、盧從史，先後叛亂，憲宗令義武軍節度使張茂昭、魏博節度使田弘正，先後勦滅，此皆係平淮西以前之戰事，而段文昌碑記憲宗下詔興師，全以駢儷之辭記述，又用大禹整治洪水，櫛風沐雨，❽光武討伐王莽，宵旰夜勤，❾以及漢景帝平七國之亂，❿周成王命周公翦除管叔、霍叔、蔡叔等三監之典故，⓫用以譬喻憲宗天子除亂之決心與行動。至於韓愈〈平淮西碑〉，記載天子同一情況，則說：「睿聖文武皇帝既受羣臣朝，乃考圖數貢，曰，嗚呼！天既付予有家，今傳次在予，予不能事事，其何以見于郊廟？羣臣震懾，奔走率職。」⓬則敘述質切，文字簡省。

又如段文昌碑記述吳元濟叛，以至天子興師之事，說道：

元濟劫家拒境，滔天肆逆，剽葉縣，燒舞陽，侵襄城，伊洛之間，騷然震恐，乃詢廷議，咸願假以墨經，授以兵符，天子泉然以思，霆馳以斷，獨發宸慮，不詢眾謀，漢

❻ 參胡楚生：〈韓柳賦之比較〉，載《興大中文學報》第六期，民國八十二年。
❼ 段文昌：〈平淮西碑〉，載《文苑英華》卷八七二，下引並同。
❽ 大禹治水，事見《尚書・禹貢》，及《史記・夏本紀》。
❾ 光武伐王莽，事見《後漢書・光武帝紀》。
❿ 漢景帝平七國之亂，事見《漢書・景帝紀》。
⓫ 周公平三監，事見《尚書・金縢》及《史記・魯周公世家》。
⓬ 韓愈〈平淮西碑〉，載《韓昌黎文集校注》卷七，臺北，河洛圖書出版社，民國六十四年，下引並同。

> 宣從屯田之議，晉武決平吳之計，至聖不惑，羣疑自消。

段碑記述吳元濟反叛，羣臣多主安撫，授以兵權，而憲宗獨排眾議，決定興師往討之事，除了採用儷體，也引用了漢宣帝聽從趙充國之議，屯田以拒匈奴，[13]以及晉武帝親斷伐吳之計，討平其主孫皓，[14]兩個歷史典故，作為歌頌憲宗興師的果決行為。至於韓愈的碑文，則記道：「九年，蔡將死，蔡人立其子元濟以請，不許。皆曰，蔡帥之不廷授，于今五十年，傳三姓四將，其樹本堅，兵利卒頑，不與他等，因撫而有，順且無事。大官臆決唱聲，萬口附和，并為一談，牢不可破。皇帝曰，惟天惟祖宗所以付任予者，庶其在此，予何敢不力，況一二臣同，不為無助。」也再度引用了憲宗的言語，以作為天子明斷的佐證。

從以上所舉的例子，比對來看，段碑的駢儷，與韓碑的散體，在書寫上，確實是有所不同的。

(三)敘述事蹟，表彰武將忠勇

羅聯添教授曾經指出，韓碑之所以遭受毀棄，憲宗又命段文昌重新撰碑，主要是由於當時河北山東藩鎮之亂未平，仍需借重武臣，因此，他認為《新唐書·吳元濟傳》中所謂的

「難忤武臣心」，乃是「洵得其實」的記載。⑮

因此，段文昌體會到天子的這一用心，在新撰的碑文中，自然會對當時討逆有功，尤其是擒獲元兇的李愬，要多用筆墨，刻意描述，段文昌在〈平淮西碑〉中，對於天子聖斷，命將興師時，就已經加重了描繪，他寫道：

> 於是會梟藻之師，得鷹揚之帥，以忠武軍帥李光顏，往者平朔，邊靜庸蜀，雙矛電激，孤劍飈馳，亦猶馮異之總軍鋒，子顏之將突騎，才氣雄武，可掃攙搶。總魏博河陽郃陽凡三軍，自臨穎而前。
>
> 以河陽軍帥烏重胤，當從史，內誅邪謀，外阻兵勢，精誠奮發，密應王師，故得虜魏豹於軍中，縛呂布於麾下，識慮中正，可革梟音，益以汝海之地，總朔方義成陝虢劍南西川鳳翔延州寧慶凡七軍，由襄陽而進。
>
> 宣武帥韓弘，請以子公武，領精卒一萬二千，時集洄曲，欒書作帥，鉞為戎右，充國

⑬ 漢宣帝時，趙充國上表奏屯田以伐匈奴，事見《漢書》卷六十九〈趙充國傳〉。

⑭ 晉武帝司馬炎命王濬伐吳，事見《三國志》卷四十八〈孫皓傳〉。

⑮ 同注❷。

討虜，卬統支軍，是能從帥之令，成父之志。
又以壽春守李文通，夙精戎韜，累習軍旅，明於守備，可保金湯，總宣武淮南宣歙浙
西徐泗凡五軍，阨固始之險。
以鄂岳都團練使李道古，以先曹王皐，有任城之武，昔征兇渠，嘗取安陸，授以戎
柄，嗣其家聲，乘五關之隘。
以唐鄧隨帥李愬，溫敏能斷，靜深有謀，昔趙孟慕成季之勳，復能霸晉，亞夫紹絳侯
之武，亦克擒吳，想其英徽，必有以似，山南東道荊南凡兩軍，自文成而東。
乃命御史中丞裴度，布挾纊之恩，奉如絲之命，以諭羣帥，以撫輿師，且以古之會
兵，必謀元帥，令歸於一，勢不欲分。
命宣武軍帥韓弘，為諸道行營都統，假陸遜之鉞，拜韓信之壇，指縱畫奇正之機，發
號申嚴凝之令，然後有司馬之法，成節制之師，而寒暑再罹，賊巢未下。
又命內掌樞密之臣梁守謙，肅將天威，盡護諸將，懸白日於千里，推赤心於萬人，由
是甘寧奮升城之勇，君文勵擊郾之志，焚上蔡以剪其翼，拔郾城以扼其吭。
以軒后攻蚩尤之城，殷宗伐鬼方之罪，周公誅淮夷之叛，雖以聖討逆，皆三年後定百
辟之義，且謂久勞，將決其機，以安海內，復命丞相裴度，擁淮蔡之節，撫將帥之

臣，分鄧禹之麾旆，盛竇憲之幕府，四牡業業，于藩于宣。

在書寫憲宗命將興師這一長段文字之內，段文昌分別敘述了天子任命九位將帥的任務，同時，在任命每一位將帥時，不僅敘述其往日之軍功、官銜及任務，也多以歷史人物之典故，譬喻其未來之使命，用以激勵士氣，鼓舞精神。

例如在任命李光顏時，段碑以光武帝中興漢室之大樹將軍馮異與猛將吳漢（字子顏）作為譬喻。⑯

在任命烏重胤時，以韓信俘虜楚將魏豹，⑰曹操擒縛呂布，⑱作為激勵。

在任命韓弘之子公武時，則以春秋晉國欒書欒鍼，⑲漢昭帝時，趙充國趙卬，父子統軍，⑳作為激勵。

---

⑯ 馮異吳漢，事見《後漢書》卷十七、卷十八。

⑰ 韓信虜獲魏豹，事見《史記》卷九十〈魏豹傳〉。

⑱ 曹操擒縛呂布，事見《三國志》卷七〈呂布傳〉。

⑲ 欒書欒鍼，事見《左傳》魯成公十三年。

⑳ 同注⑬。

在任命李文通時，則以「夙精戎韜」，「可保金湯」，作為激勵。

在任命李道古時，則稱許其父曹成王李皐之功績，而以「嗣其家聲」，作為激勵。

在任命李愬之時，則以春秋晉國趙武，效法成季，使晉國再行稱霸，㉑以漢代周亞夫，步武其父周勃，克平七國之亂，㉒作為激勵。

在任命裴度時，先以「必謀元帥，令歸於一」稱許，更以漢代名將鄧禹、竇憲，作為譬喻。㉓

在任命韓弘時，則以吳國孫權冊命都督陸遜，㉔漢初，劉邦登壇拜將韓信，㉕作為譬喻，以為激勵。

在任命梁守謙時，則以三國吳孫甘寧，㉖後漢名將賈復，㉗攻城野戰，譬喻其將士之英勇。對於九位受命興師之統帥，皆有鼓舞之用意。

至於韓愈所撰的碑文，敘述天子命將興師，往勦淮西之叛，則記道：「（皇帝）曰，光顏，汝為陳許帥，維是河東魏博郃陽三軍之在行者，汝皆將之。曰，重胤，汝故有河陽懷今益以汝，維是朔方義成陝益鳳翔延慶七軍之在行者，汝皆將之。曰，弘，汝以卒萬二千屬而子公武往討之。曰，文通，汝守壽，維是宣武淮南宣歙浙西四軍之行于壽者，汝皆將之。曰，道古，汝其觀察鄂岳。曰，愬，汝帥唐鄧隨，各以其兵進戰。曰，度，汝長御史，其往視師。曰，度，惟汝予同，汝遂相予，以賞罰用命不用命。曰，弘，汝其以節度都統諸軍。曰，守謙，汝出入左右，汝惟近臣，其往撫師。曰，度，汝其往，衣服飲食予士，無寒無飢，以既厥事，遂生蔡人，賜汝節斧，通天御帶，衛卒三百，凡茲廷臣，汝擇自從，惟其賢能，無憚大吏，庚申，予其臨門送汝。曰，御史，予閔士大夫戰甚苦，自今以往，非郊廟祠祀，其無用樂。」韓文記述較簡，於所命將帥之往日功勳，亦未述及。

又如段文昌在〈平淮西碑〉中，對於李愬夜入蔡州，擒獲吳元濟，也有著詳細的敘述，碑文記道：

> 丞相之來也，羣帥之志氣逾厲，統制之號令益明，勢如雷霆，功在漏刻，賊乃悉其精

㉑ 春秋時代，趙衰（成季）輔佐晉文公，成就霸業，其後，趙孟（趙武）也輔佐晉襄公，再度稱霸諸侯，事見《左傳》。

㉒ 周勃、周亞夫，事見《漢書》卷四十。

㉓ 鄧禹、竇憲，事見《後漢書》卷十六、卷二十三。

㉔ 孫權冊命陸遜為都督，事見《三國志》卷五十八〈陸遜傳〉。

㉕ 劉邦登壇拜將韓信，事見《史記》卷九十二〈淮陰侯列傳〉。

㉖ 三國時甘寧緣敵城而登，事見《三國志》卷五十五〈甘寧傳〉。

㉗ 後漢時，賈復（字君文）從光武帝伐偃王尹尊，盡定其地，事見《後漢書》卷十七〈賈復傳〉。

> 騎，以備洄曲之師，唐隨帥李愬，新總傷痍之軍，稍勵奔北之氣，城孤援絕，地逼勢危，而能養貔虎之威，未嘗矍視，屈鷙鳥之勢，不使露形，是以收文成柵而降吳秀琳，下輿橋而擒李祐，果敢多略，衆以留之，或謂蓄患不利吾軍，愬誠明在躬，秉信不撓，爰命釋縛，授之親兵，祐感慨之心，出於九死，縱橫之計，果效六奇，粵十月既望，陰凝雪飛，天地盡閉，愬乃遣其將史旻仇良輔，留鎮文成，備其侵軼，命李祐領突騎三千，以為鄉導，自領中權三千，與監軍李誠義繼進，又遣其將田進城，領馬步三千，以殿其後，雲郊晦冥，寒可墮指，一夕卷旆，凌晨斬關，舖敦淮瀆，仍執醜虜，雖魏軍得田疇為導，潛出盧龍，鄧艾得田章先登，長驅綿竹，用奇制勝，與古為儔，四紀逋誅，一朝蕩定，攄宗廟之宿憤，致黎庶之大安，周漢以來，莫斯為勝。

在書寫李愬夜入蔡州，擒獲吳元濟這一事件上，段文昌著意描繪了天寒地凍，將士用命，艱辛馳奔，奇兵突出，斬關擒虜的過程。也用了曹魏得田疇為先導，出盧龍口，大敗烏丸，[28]鄧艾得田章出劍閣西，遂破西蜀二事，[29]以為譬喻。

至於韓愈所撰的碑文，對於此一事件，則記述道：「十二年八月，丞相度至師，都統弘責戰益急，顏胤武合戰益用命。元濟盡并其眾洄曲以備。十月壬申，愬用所得賊將，自文城，因天大雪，疾馳百二十里，用夜半到蔡，破其門，取元濟以獻，盡得其屬人卒。辛巳，丞相度入蔡，以皇帝命赦其人。淮西平，大饗賚功。師還之日，因以其食賜蔡人。凡蔡卒三萬五千人，其不樂為兵願歸農者十九，悉縱之。斬元濟京師。」韓碑的文中，敘述較簡質，也並未提及史旻仇良輔吳秀琳李祐李誠義田進城等名氏。

段碑著意加重對於武將之描寫，也是與韓碑有意立異的重點之一。

㈣銘辭序文，儘量不加重複

碑銘之體，有序文，有銘辭，劉勰《文心雕龍・誄碑》說：「夫屬碑之體，資乎史才，其敘則傳，其文則銘。」是以序文以敘事為主，文體不拘，銘辭以贊頌為主，多以四字成句。在寫作的內容上，兩者自必相關，可以相互彌補，但也可以各自敘說，不相重疊。

段文昌的〈平淮西碑〉，其銘辭部分，一共書寫了六十八句，使用了二百七十二個文字。相對的，韓愈的〈平淮西碑〉，一共書寫了一百三十六句，使用了五百四十四個文字。

㉘ 曹操令田疇為嚮導，擊敗烏丸，事見《三國志》卷十一〈田疇傳〉。

㉙ 鄧艾襲蜀漢，使田章率先登城，遂襲綿竹，事見《三國志》卷二十八〈鄧艾傳〉。

從字數上算起來，韓段二碑的銘辭，詳略相距一倍，其中似乎也透露了一些可資探索的訊息。

段文昌〈平淮西碑〉的銘辭記道：

> 天有肅殺，萬物以成，雷風為令，霜雪為刑，君有武節，四海以寧，陳之原野，阻以甲兵，在昔聖王，格寧邦國，武以禁暴，刑以助德，牧除害馬，農去蟊賊，苟非戎功，孰靜羣慝。
>
> 明明我后，神算精微，九重獨運，千里不違，宵衣旰食，再安中寓，始剪朔漠，旋梟蜀虜，丹徒鏦濞，白門縛布，服茲四罪，豈勞一旅。
>
> 淮夷怙亂，四十餘年，長蛇未剪，環境騷然，逮于孽章，逆志滔天，懷柔匪及，告諭罔悛，帝念生人，乃申薄伐。
>
> 飛將鷹揚，前鋒點發，齋壇命信，靈旗指越，我武威揚，祅氛未滅，集于洄曲，決戰摧凶，豹備臨晉，維留沓中，桓桓襄帥，奇謀成功，浮罌暗渡，束馬潛攻，合以長圍，絕其飛走，布穴弋妖，升城獲醜。
>
> 商不易肆，農安其畝，洄曲殘兵，投戈束手，帝嘉羣帥，賞不踰時，畫社啟封，珪組

陸離，洎于蠻貊，服我英威，刻之金石，作戒淮夷。

段碑的銘辭，可以區分為五個小節，第一節寫帝王用兵，武以禁暴；第二節寫憲宗登基，平定四凶；第三節寫淮西叛亂，命將往伐；第四節寫飛將夜襲，奇謀成功；第五節寫蔡州平定，帝嘉羣將。

韓愈所撰碑文的銘辭，適巧也可以分為五個小節：

第一節記道：「唐承天命，遂臣萬邦，孰居近土，襲盜已狂，往在玄宗，崇極而圮，河北悍驕，河南附起，四聖不宥，屢興師征，有不能剋，益戍以兵，夫耕不食，婦織不裳，輸之以車，為卒賜糧，外多失朝，曠不嶽狩，百隸怠官，事忘其舊。」此節敘唐玄宗以後，方鎮多起而叛亂。

第二節記道：「帝時繼位，顧瞻咨嗟，惟汝文武，孰恤予家，既斬吳蜀，旋取山東，魏將首義，六州降從，淮蔡不順，自以為強，提兵叫讙，欲事故常，始命討之，遂連姦鄰，陰遣刺客，來賊相臣，方戰未利，內驚京師，羣公上言，莫若惠來，帝為不聞，與神為謀，乃相同德，以訖天誅。」此節敘述吳元濟叛，大臣多主安撫，憲宗決計討賊，其中並補出序文中未嘗提及宰相武元衡及御史中丞裴度為賊人所刺之事。

第三節記道：「乃赦顏胤，愬武古通，咸統于弘，各奏汝功，三方分攻，五萬其師，大軍北乘，厥數倍之，常兵時曲，軍士蠢蠢，既剪陵雲，蔡卒大窘，勝之邵陵，郾城來降，自夏入秋，復屯相望，兵頓不勵，告功不時，帝哀征夫，命相往釐，士飽而歌，馬騰于槽，試之新城，賊遇敗逃，盡抽其有，聚以防我，西師躍入，道無留者。」此節敘述裴度督師，李愬入破蔡州之事。

第四節記道：「頟頟蔡城，其疆千里，既入而有，莫不順俟，帝有恩言，相度來宣，誅止其魁，釋其下人，蔡之卒夫，投甲呼舞，蔡之婦女，迎門笑語，蔡人告饑，船粟往哺，蔡人告寒，賜以繒布，始時蔡人，禁不往來，今相從戲，里門夜開，始時蔡人，進戰退戮，今旰而起，左飧右粥，為之擇人，以收餘憊，選吏賜牛，教而不稅，蔡人有言，始迷不知，今乃大覺，羞前之為，蔡人有言，天子明聖，不順族誅，順保性命，汝不吾信，視此蔡方，孰為不順，往斧其吭，凡叛有數，聲勢相倚，吾強不支，汝弱奚恃，其告而長，而父而兄，奔走偕來，同我太平。」此節敘入蔡之後，懷柔軍民之事。此節所記，為段碑所無。

第五節記道：「淮蔡為亂，天子伐之，既伐而饑，天子活之，始議伐蔡，卿士莫隨，既伐四年，小大並疑，不赦不疑，由天子明，凡此蔡功，惟斷乃成，既定淮蔡，四夷畢來，遂開明堂，坐以治之。」此節敘由於天子明斷，乃成伐蔡之功。

比較段文昌與韓愈二人所撰〈平淮西碑〉的銘辭，發現兩者的份量，卻相差一倍，而且，兩人敘述的重點，也有不同之處。當然，韓愈撰碑在前，段文昌撰碑於後，韓愈所撰之碑文，段文昌必然曾經寓目，在奉詔重撰碑文時，更會對韓碑詳加研索，因此，從銘辭的份量與內容上，也可以看出，段文昌想要「略人所詳」，反之，在序文的部分，段文昌則採取了「詳人所略」的方式，以求達到與韓碑「立異」的目標。

三、結語

羅聯添教授在所撰「論韓愈〈平淮西碑〉」一文之中，曾經提道：「段碑結構組織，酷似韓碑，意段文昌重撰碑文，或參酌韓碑，改其文體，變其句法題意，而用其骨架。」[30]韓碑撰成於前，段文昌奉詔重撰，詳觀韓碑得失，亦屬人情必然之事，自己更有所作，才能知彼知己，轉求超越前賢。至於沿用韓碑骨架，則碑誌之作，大體如此布局，或亦可能，至於「變其句法題意」，則正屬筆者鄙意所指，與韓碑「立異」為原則之事。

---

[30] 同注[2]。

憲宗元和十四年（西元八一九年）春，韓愈因上表諫迎佛骨，被貶為潮州刺史，其冬，以羣臣上尊號，曰「元和聖文神武法天應道皇帝」，得以遇赦，改任為袁州刺史（在今江西省宜春附近）。元和十五年六月，詔令中書舍人王仲舒為御史中丞，充江南西道觀察使，開府南昌，而適為韓愈的上司，是年九月，王仲舒重修滕王閣，而以書信寄予韓愈，囑令為記，以韓愈的文才而言，為上司撰寫記文，本應揮筆立就，但是，滕王閣為江南著名的風景勝地，歷來描繪風光史蹟的作品，已經很多，在韓愈之前，至少已有三位王姓名人的佳作，書寫在滕王閣上，一是王勃的〈滕王閣序〉，二是王緒的〈滕王閣賦〉，三是王仲舒的〈修滕王閣記〉，其中尤以王子安即席所撰寫的〈滕王閣序〉，最稱傑作，像文中的名句，「落霞與孤鶩齊飛，秋水共長天一色」，更是膾炙人口，傳遍大江南北，況且，韓愈初至袁州，滕王閣尚未親身前往觀賞，對於滕王閣周遭的山水景物，自也無法據實描繪，使之逼肖傳神。加之韓愈的個性倔強，雖然上司有命撰記，也不願在記文中對於上司作出逾份的頌揚之辭，因此，韓愈在撰寫此記之時，便採取了一些較為特別的寫作技巧。

筆者撰有「韓愈〈新修滕王閣記〉賞析」[31]一文，指出韓愈在撰寫〈新修滕王閣記〉時，曾經採取的寫作方法有三項，第一，「以不寫景觀為主幹」；第二，「以不至南昌為線索」；第三，「以不諛上司為立場」。林紓《韓柳文研究法》，在討論到韓愈的〈新修滕王閣記〉時，曾說：「若寫江上風物，度不能超過子安，故僅以不至為責塞責。」又說：「舍滕王閣外之風光，述觀察新來之政績，與修閣之緣起，力與王勃之序，王緒之賦相避，自是行文得法處。」㉜林琴南提出「相避」二字，是韓愈撰寫〈新修滕王閣記〉的「得法」之處，因此，我們也可以借用林琴南的話說，段文昌在撰寫〈平淮西碑〉時，力求與韓愈之碑文「相避」，也是段文昌撰碑的「得法」之處，應該是可以成立的說法。

綜合前文所述，可得幾項要點，以當結語：

1.羅聯添教授指出，「段碑結構組織，肖似韓碑，疑段文昌重撰，參考韓碑」，其說自屬可信。

2.韓碑在前，段碑在後，而且韓碑被磨，覆轍可鑑，段文昌撰寫同樣的題材，力求與前人所作「相避」，因而有心「立異」，自然也是一種文家可加運用的方式。

3.在有心立異的情形下，段碑在文體上，採用了與韓碑古文不同的駢儷，在書寫重點上，則加重了對武將忠勇行徑的贊揚，在銘辭部分，則針對韓碑的繁與詳，而採取簡

㉛ 參胡楚生：「韓愈〈新修滕王閣記〉賞析」，載《興大中文學報》第二期，民國七十八年出版。

㉜ 林紓《韓柳文研究法》，臺北，廣文書局，民國五十八年。

與略的表達方式。

4.本文之撰，不作韓碑段碑孰優孰劣的比較，以免涉於主觀或愛惡，而只想探索段碑撰作之方法與技巧，以供參稽之用。

肆、韓柳賦之比較

一、引言

韓愈與柳宗元，不但是唐代著名的古文家，同時，他們也各自撰寫了不少的賦類作品；韓柳的古文作品，歷代流傳誦習，世人早已耳熟能詳，學者們從事韓柳古文的比較，也已不乏其例，可是，韓柳二人的賦類作品，人們對它的了解，似乎還嫌不足，至於比較韓柳二人的賦作，則更為罕見，本文之作，就是希望探討一下韓柳二人在這一方面的成就，並比較其優劣。

在韓愈的《文集》中❶，一共收集了四篇賦作，那就是：〈感二鳥賦〉、〈復志賦〉、

❶ 韓愈：《韓昌黎文集校注》（馬其昶校注），臺北，世界書局，民國五十五年，下引並同。

〈閔己賦〉、〈別知賦〉。在柳宗元的《文集》中❷，一共收集了九篇賦作，那就是：〈佩韋賦〉、〈瓶賦〉、〈牛賦〉、〈解祟賦〉、〈懲咎賦〉、〈閔生賦〉、〈夢歸賦〉、〈囚山賦〉、〈愈膏肓疾賦〉。另外，在韓愈《文集》的《文外集》中，也收錄了〈明水賦〉一篇，在柳宗元《文集》的《外集》中，也收錄了〈披沙揀金賦〉、〈迎長日賦〉、〈記里鼓賦〉等三篇。這幾篇賦，都是韓柳二人在舉進士時的作品。

韓柳二人的賦類作品，在形式與內涵方面，都十分酷似《楚辭》，因此，朱熹在所纂輯的《楚辭後語》之中，便也選錄了不少韓柳二人的作品，在《楚辭後語》❸之中，朱熹除了選錄韓愈的〈復志賦〉、〈閔己賦〉、〈別知賦〉等三篇賦作之外，還選錄了韓愈古文中近似騷體的〈訟風伯〉、〈弔田橫文〉、〈享羅池〉與〈琴操〉等四篇作品。同時，在《楚辭後語》之中，朱熹除了選錄柳宗元的〈懲咎賦〉、〈閔生賦〉、〈夢歸賦〉等三篇賦作之外，還選錄了柳宗元古文中近似騷體的〈招海賈文〉、〈弔屈原文〉、〈弔萇弘文〉、〈弔樂毅文〉、〈乞巧文〉、〈憎王孫文〉等六篇作品。

賦體與騷體，自然十分接近，《文心雕龍・詮賦篇》也曾說道：「賦也者，受命於詩人，而拓宇於《楚辭》。」但是，《文心雕龍》書中，〈辯騷〉與〈詮賦〉，分為兩篇，則騷與賦的分別，仍然是非常明顯的，因此，在本文之中，比較韓柳二人的賦類作品，仍然採取較為嚴格的觀點，僅採取韓愈的四篇賦作，柳宗元的八篇賦作，作為分析比較的資料（柳宗元的〈愈膏肓疾賦〉，論者以為「膚泛不類」，故不加列入）。其他韓柳《外集》中的應試賦，以及《楚辭後語》中所列舉的韓柳作品，暫時也都不加討論。

二、撰作時間的比較

韓愈的〈感二鳥賦〉，作於德宗貞元十一年（西元七九五年），韓愈二十八歲之時。是年初，愈應博約宏辭試，未成，乃三上宰相書，均不獲報，五月，東歸，途中遇某地之守官，獻白烏白鸜鵒二鳥，因感而作此賦。

韓愈的〈復志賦〉，作於貞元十三年（西元七九七年）七月，韓愈三十歲之時。貞元十一年時，韓愈東歸，十二年，赴汴州，佐節度使董晉，為觀察推官，十三年，愈得疾，乃引退，而作此賦。

---

❷ 柳宗元：《柳河東全集》，臺北，河洛圖書出版社，民國六十三年，下引並同。

❸ 朱熹：《楚辭集注》，臺北，藝文印書館，民國五十六年。

韓愈的〈閔己賦〉，作於貞元十六年（西元八〇〇年），韓愈三十三歲之時。韓愈前在汴州佐董晉，貞元十五年，董晉卒，韓愈乃赴徐州，佐節度使張建封，十六年，張建封卒，韓愈遂赴洛陽，因悲而為此賦。

韓愈的〈別知賦〉，作於貞元二十年（西元八〇四年），韓愈三十七歲之時。貞元十九年冬，韓愈以監察御使，上書言天旱人飢事，遂得罪，貶為陽山令，二十年春，抵陽山，時楊儀之以湖南支使來，愈遂作此賦以別之。

柳宗元的〈佩韋賦〉，約作於貞元二十年（西元八〇四年），柳宗元三十二歲以後。

柳宗元的〈瓶賦〉，撰作時間，不能詳知，也當在貞元二十年以後。

柳宗元的〈牛賦〉、〈解崇賦〉，皆貶在永州時所作，時間則在順宗永貞元年（西元八〇五年），柳宗元三十三歲以後。

柳宗元的〈懲咎賦〉，則作於憲宗元和三年（西元八〇八年）秋天，柳宗元三十六歲之時。

柳宗元的〈閔生賦〉，作於元和五、六年（西元八一〇至八一一年）間，柳宗元三十八、九歲，仍在永州為司馬之時。

柳宗元的〈夢歸賦〉，亦作於久在永州不歸之時。

柳宗元的〈囚山賦〉，作於元和九年（西元八一四年），柳宗元四十二歲之時。

大體而言，韓愈的四篇賦作，都作於他本人二十八歲到三十七歲的九年之間，這在韓愈五十七年的生命中，大抵屬於前半生的青年及壯年時期。另外，柳宗元的八篇賦作，則都作於他自己三十二歲到四十二歲的十年之間，這在柳宗元四十七年的歲月之中，則都屬於後半生的晚年時期。在賦作撰寫的時間上，這是韓柳二人最大的不同。

三、主旨內涵的比較

韓愈的〈感二鳥賦〉，作於他應博學宏辭試未成，三上宰相書不報之時，因見官員有進二鳥於天子，「東西行者皆避路，莫敢正目」，「因竊自悲」，以為自己，「讀書著文」，「行己不敢有愧於道」，而二鳥者，「惟以羽毛異」，「反得蒙採擢薦進」，「故為賦以自悼」，以明夫「遭時者，雖小善必達，不遭時者，累善無容」也。

韓愈的〈復志賦〉，作於他仕途不順，得病引退之時，因此，在此賦之中，既強調了自己的讀書用力，「始專專於講習兮，非古訓為無所用其心」，又說明了自己「既識路又疾驅兮，孰知余力之不任」的奮發，但也說明了自己仕途的蹭蹬，以為「君之門不可逕而入兮，遂從試於有司」，「哀白日之不吾謀兮，至今十年其猶初」，因此，「進既不獲其志願兮，退將遁而窮居」，遂有引遁閒居之意，寧願「甘潛伏以老死兮」，而「不顯著其名譽」，以回復自己「樂於畎畝」的初衷。

　　韓愈的〈閔己賦〉，作於他罷居洛陽之時，故賦中自然流露出悲傷不遇的心境，所以他說「余悲不及古之人兮，伊時勢而則然」，同時，也流露出達觀的情懷，所以也說，「惟否泰之極兮，咸一得而一違，君子有失其所兮，小人有得其時」，以寬慰自己。

　　韓愈的〈別知賦〉，作於他被貶陽山，友人南來任職相遇之時，所以，賦中說到，「余取友於天下，將歲行之兩周」，「惟知心之難得，斯百一而為收」，正是強調了人生知己的可貴，「歲癸未而遷逐，侶蟲蛇於海陬，遇夫人之來使，闢公館而羅羞，索微言於亂志，發孤笑於群憂」，則是表顯了同在天涯的驚喜之情。

　　柳宗元的〈佩韋賦〉，作於貞元二十年以後，其時他已久居仕途，自覺性格躁急，故欲倣效西門豹佩帶柔軟的韋皮，以求行事舒緩，所以他說，「恆懼過而失中庸之義，慕西門氏佩韋以戒，故作是賦」，在賦辭中，他也說道，「純柔純弱兮，必削必薄，純剛純強兮，必喪必亡，韜義于中，服和于躬，和以義宣，剛以柔通，守而不遷兮，變而無窮，交得其宜兮，乃獲其終，姑佩茲韋兮，考古齊同。」便是強調服膺中庸之教的意義。

柳宗元的〈瓶賦〉，以瓶自喻，以為自己，寧願像瓶一樣，汲盛清水，「居井之眉，鈎深挹潔，淡泊是師」，「清白可鑑，終不媚私」，而不願如同盛裝醴酒的鴟夷皮革，「溫誘吉士，喜悅依隨」，「頹然縱傲，與亂為期」，以至於「敗眾亡國，流連不歸」，蓋以酒甘比喻小人，以水淡比論君子。

柳宗元的〈牛賦〉，則是以牛自喻，以為牛有墾殖之勞，「日耕百畝，往來修直」，有功於世，「利滿天下」，雖不如羸驢駑馬，「不耕不駕，藿菽自與」，也不必有所怨尤，蓋「命有好醜，非若能力」，所能左右，此賦為宗元貶謫永州之後所作，故中多感憤之辭。

柳宗元的〈解祟賦〉，則是貶在永州之後，猶恐更遇口實之災，故筮以《太玄》，以求解其禍祟，並作此賦，要在勉勵自己，「清己之慮」，「去爾中躁與外撓，故務清為室而靜為家」，才能常遇吉祥。

柳宗元的〈懲咎賦〉，則是貶在永州，久不得召，悔念往咎，乃作此賦，用以自儆，所以，賦中說道，「懲咎愆以本始兮，孰非余心之所求」，「哀吾黨之不淑兮，遭任遇之卒迫」，「既明懼乎天討兮，又幽慄乎鬼責」，「罪通天而降酷兮，不殛死而生為」，「惟滅身而無後兮，顧前志猶未可」，「夫豈貪食而盜名兮，不混同於世也」，都是一些震慄追悔自解之辭。

柳宗元的〈閔生賦〉，也是由於貶在永州，自憫遭逢艱險，因作此賦，賦中說道，「閔吾生之險阨兮，紛喪志以逢尤」，「為與世而斥謬兮，固離披以顛隕」，「余囚楚越之交極兮，邈離絕乎中原」，「慮吾生之莫保兮，忝代德之元醇」，都是悲憫自傷的意思。

柳宗元的〈夢歸賦〉，則是久居永州，懷念家鄉的作品，賦中說道，「罹擯斥以窘束兮，余惟夢之為歸，精氣注以凝沍兮，循舊鄉而顧懷」，「浮雲縱以直度兮，云濟余乎西北」，「指故都以委墜兮，瞰鄉閭之修直」，都是些夢中懷鄉的情景，賦中又說，「偉仲尼之聖德兮，謂九夷之可居」，「老聃遁而適戎兮，指淳茫以縱步，蒙莊之恢怪兮，寓大鵬以遠去」，則是借孔子老子莊子的曠達，以求自解，賦中更說，「膠余衷之莫能捨兮，雖判析而不悟，列茲夢以三復兮，極明昏而告愬」，則終是不能忘懷舊鄉之辭了。

柳宗元的〈囚山賦〉，也是在永州所作，蓋久居群山之中，不可得出，故以山林喻之為囚牢，賦中說道，「楚越之郊環萬山兮，勢騰踊夫波濤」，「胡井眢以管視兮，窮坎險其焉逃」，「罪兕吾為柙兮，匪豕吾為牢，積十年莫吾省者兮，增蔽吾以蓬蒿」，都是形容他自己困居萬山之中，宛如自處樊籠的情境。

要之，韓柳二人的賦類作品，都與他們自己的生平事蹟，有著直接的關係，而尤以記述他們本身窮愁困頓的生活狀況，最為密切真實，大體而言，韓愈雖然早年也有陽山之貶，但是，很快就被恩赦而返回京城，因此，在他的四篇賦作之中，感傷不遇的情懷，並不十分深刻。柳宗元卻不然，他的八篇賦作，幾乎全是貶居永州以後的作品，困居邊鄙荒野之處，十年不返，在永州住得越久，他心中的悲痛傷感，也越加沉重。〈囚山〉〈歸夢〉，流露在筆底下的，也越發令人不忍卒讀，辭賦寫作，作者的才華，固然重要，不過，環境與遭遇，畢竟也有其決定性的影響。不過，令人費解的是，柳宗元諸賦中所蘊涵的那種傷感的情緒，在〈永州八記〉之中，卻表現得並不明顯。

四、作品體勢的比較

韓柳二人的賦類作品，在體裁形勢上，本身也略有分別，其中，有些是在文句中加入「兮」字的〈離騷〉之體，有些是不用「兮」字，以四言六言為主，卻又不似六朝以下對偶的俳句形式，而近乎散文之體。

例如韓愈的〈感二鳥賦〉：

吾何歸乎，吾將既行而後思，誠不足以自存，苟有食其從之，出國門而東騖，觸白日之隆景，……惟得之而不能，乃鬼神之所戲，幸年歲之未暮，庶無羨於斯類。

這是以「六言」為主的散體賦。

例如韓愈的〈復志賦〉：

居悒悒之無解兮，獨長思而永歎，豈朝食之不飽兮，寧冬裘之不完，……恐誓言之不固兮，斯自訟以成章，往者不可復兮，冀來今之可望。

這是標準的騷體賦。

例如韓愈的〈閔己賦〉：

余悲不及古之人兮，伊時勢而則然，獨閔閔其曷已兮，憑文章以自宣，……君子有失其所兮，小人有得其時，聊固守以靜俟兮，誠不及古之人其焉悲。

這也是騷體賦。

例如韓愈的〈別知賦〉：

余取友於天下，將歲行之兩周，下何深之不即，上何高之不求。……知來者之不可以數，哀去此而無由，倚郭郛而掩涕，空盡日以遲留。

這也是以「六言」為主的散體賦。

例如柳宗元的〈佩韋賦〉：

邈予生此下都兮，塊天質之慤醇，日月迭而化升兮，寖遁初而枉神，……哲人交修，樂有終兮，庶寡其過，追古風兮。

這是騷體賦。

例如柳宗元的〈瓶賦〉：

昔有智人，善學鴟夷，鴟夷蒙鴻，罍罃相追，……何必巧曲，徼覬一時，子無我愚，我智如斯。

這是「四言」形式的散體賦。

像柳宗元的〈牛賦〉：

若知牛乎，牛之為物，魁形巨首，垂耳抱角，……命有好醜，非若能力，慎勿怨尤，以受多福。

也是「四言」形式的散體賦。

像柳宗元的〈解祟賦〉：

胡赫炎薰熇之烈火兮，而生夫人之齒牙，上殫飛而莫遁，旁窮走而逾加，……駕恬泊以為車，瀏乎以遊於萬物者，始彼狙雌倏施，而以祟為利者，夫何為耶？

則是騷體與散體相兼的賦作。

像柳宗元的〈懲咎賦〉：

懲咎愆以本始兮，孰非余心之所求，處卑活以閔世兮，固前志之為尤，……死蠻夷固吾所兮，雖顯寵其焉加，配大中以為偶兮，諒天命之謂何。

這是標準的騷體賦。

像柳宗元的〈閔生賦〉：

閔吾生之險阨兮，紛喪志以逢尤，氣沉鬱以杳眇兮，涕浪浪而常流，……明神之不欺余兮，庶激烈而有聞，冀後害之無辱兮，匪徒蓋乎曩愆。

也是騷體之賦。

像柳宗元的〈夢歸賦〉：

罹擯斥以窘束兮，余惟夢之為歸，精氣注以凝沍兮，循舊鄉而顧懷，……膠余衷之莫能捨兮，雖判析而不悟，列茲夢以三復兮，極明昏而告愬。

也都是騷體之賦。

像柳宗元的〈囚山賦〉：

楚越之郊環萬山兮，勢騰踊夫波濤，紛對迴合仰伏以離迾兮，若重墉之相褒，……聖日以理兮，賢日以進，誰使吾山之囚吾兮滔滔。

也更是騷體之賦。

要之，韓柳二人的賦作，在體勢上，大多數都是騷體形式的作品，同時，二人也有少數散體的賦作，只是，韓愈比較習用「六言」為主，而柳宗元則習用「四言」為主，這是兩人之間的一項較小的不同之處。

五、修辭用字的比較

賦類的作品，免不了鋪陳儷語，堆砌華彩，多用典實，注重音韻，因此，在修辭方面，韓柳二人的賦作中，都有一些明顯常用的例子，茲分敘如下：

㈠疊字

疊字的作用，有摹仿視覺的，也有摹仿聽覺的，也有藉著聲音表現氣氛的，加強語氣的，在韓愈的〈感二鳥賦〉中，像「增余懷之耿耿」，在韓愈的〈復志賦〉中，像「居悒悒之無解兮」、「過洞庭之漫漫」、「始專專於講習兮」、「慨余行之舒舒」、「顏垂歡而愉愉」、「心無歸之茫茫」、「有肆志之揚揚」，在韓愈的〈閔己賦〉中，像「獨閔閔其曷已兮」、「余昏昏其無類兮」、「涉大水之漫漫」、「勉汲汲於前脩之言」、「下土茫茫其廣大兮」、「久拳拳其何故兮」，在韓愈的〈別知賦〉中，像「紛擾擾其既多」、「山磝磝其相軋」、「樹蓊蓊其相摎」、「雨浪浪其不止」、「雲浩浩其常浮」，都是一些用疊字的例子。

在柳宗元的〈佩韋賦〉中，像「嗟行行而躑躅兮」、「退躬躬而畏服」、「雲嶽嶽而專強兮」，在柳宗元的〈懲咎賦〉中，像「萬類芸芸兮」、「猶斷斷於所執」、「惶惶乎夜寤而晝駭兮」、「凌洞庭之洋洋兮」、「泝湘流之沄沄」、「聽嗷嗷之哀暖」，在柳宗元的〈閔生賦〉中，像「涕浪浪而常流」、「望九疑之垠垠」，在柳宗元的〈夢歸賦〉中，像

「心慊慊而莫違」、「顥醇白之霏霏」、「上茫茫而無星辰兮」、「駁儗儗以回復」、「風纚纚以經耳兮」、「山嵎嵎以巖立兮」、「水汨汨以漂激」，在柳宗元的〈囚山賦〉中，像「誰使吾山之囚吾兮滔滔」，都是一些使用疊字的現象。

要之，對於疊字的使用，韓愈在他的四篇賦中，使用疊字，達到一十九次。此外，柳宗元在他的八篇賦中，只有在其中的五篇賦中，曾經應用了疊字，在他的八篇（五篇）賦中，疊字的出現，也達到一十九次。只是，兩相比較，韓柳賦作中對於疊字的重視程度，使用頻率，仍然是有其差異的。

㈡引用

文章中引用成語或典故，有明引及暗用兩種方式，在韓柳的賦類作品中，使用較多的，是暗用的方式，將前人的成語，或古代的典故，融化進入他們的賦作之中。

在韓愈的〈感二鳥賦〉中，曾經說道：「昔殷之高宗，得良弼於宵寐」。這是引用商君武丁獲得賢臣傅說的典故。

在韓愈的〈復志賦〉中，曾經說道：「自知者為明兮，故吾之所以為惑。」這是引用了《老子》書中「知人者智，自知者明」的成語。賦中又曾說道：「伊尹之樂於畎畝兮，焉貴富之能當。」這是引用了伊尹未遇商湯前躬耕於有莘氏之野的典故。

在韓愈的〈閔己賦〉中，曾經說道：「昔顏氏之庶幾兮，在隱約而平寬。」這是引用了《論語》中孔子所說「回也其庶乎屢空」的典故。

在柳宗元的〈佩韋賦〉中，曾經說道：「曰沉潛而剛克兮，固讜人之嘉猷。」這是引用了《尚書・洪範》篇「沉潛剛克」的成語。賦中又曾說道：「吾祖士師之直道兮，亦愀然於我國。」這是引用《論語》中柳下惠為士師以及《漢書、董仲舒傳》柳下惠對魯君之問，不主張伐齊的典故。賦中又曾說道：「尼父戮齊而誅卯兮」，這是引用《穀梁傳》夾谷之會，齊人舞於魯君幕下，孔子深以為辱，以及《孔子家語》孔子誅亂政大夫少正卯的典故。賦中又曾說道：「藺疏顏以誚秦兮，入降廉猶臣僕。」這是引用《國策》藺相如請秦王鼓瑟以及謙讓廉頗的典故。賦中又曾說道：「吉優繇而布和兮，殘萑蒲以屏匿。」這是引用《左傳》鄭國子太叔為政過寬濟之以猛的典故。賦中又曾說道：「劌拔刃于霸侯兮，退躬躬而畏服。」這是引用《左傳》曹劌在柯地之盟劫持齊桓公的典故。賦中又曾說道：「克明哲而保躬兮，恢《大雅》之所勗。」這是引用《詩經・大雅》「既明且哲，以保其身」的成語。賦中又曾說道：「陽宅身以執剛兮，率易帥而蒙辜。」這是引用了《左傳》陽處父改易中軍而遭怨被殺的典故。賦中又曾說道：「羽愎心以盭志兮，首身離而不懲。」這是引用了項羽自例的典故。賦中又曾說道：「雲嶽嶽而專強兮，果黜志而乖圖。」這是引用漢人朱雲欲斬佞臣張禹的典故。賦中又曾說道：「咸觸屏以拒訓兮，肆賀越而就陵。」這是引用了漢人陳萬年教子陳咸的典故。賦中又曾說道：「冶訏諫于昏朝兮，名崩弛而陷誅。」這是引用《左傳》中洩冶諫君宣淫的典故。賦中又曾說道：「歷九折而直奔兮，固摧轅而失途。」這是引用漢人王陽奉先人遺體至九折坂的典故。賦中又曾說道：「廣守柔以允塞兮，抵暴梁而壞節。」這是引用漢人梁冀鴆殺質帝的典故。賦中又曾說道：「家撝謙而溫美兮，脅子公而喪哲。」這是引用《左傳》子公弒鄭靈公的典故。賦中又曾說道：「義師仁而惡狠兮，遂潰騰而滅裂。」這是引用王莽磔殺翟義的典故。賦中又曾說道：「斯委儒以從邪兮，悼上蔡其何補。」這是引用李斯被殺前父子相悲的典故。賦中又曾說道：「徐偃柔以屏義兮，倏邦離而身虜。」這是引用徐偃王的治國以仁，為楚軍所敗的典故。賦中又曾說道：「桑弘和而卻武兮，渙宗覆而國舉。」桑弘的事蹟已不可考，但柳宗元仍然是在引用典故，則是很明顯的。

在柳宗元的〈瓶賦〉之中，曾經說道：「昔有智人，善學鴟夷。」這是引用了范蠡自號鴟夷子皮的典故。

在柳宗元的〈解崇賦〉中，曾經說道：「鄧林大椿不足以充於燎兮，倒扶桑落棠膠轕而相叉。」這是引用了《列子》書中夸父逐日而死，其杖化為鄧林，《莊子》書中上古有大椿者，以八千歲為春，八千歲為秋的典故。以及《山海經》中大荒之中暘谷，上有扶桑的典故。賦中又曾說道：「履仁之實，去盜之夸。」這是引用了《老子》書中「是謂道夸，非道也哉」的成語。

在柳宗元的〈閔生賦〉中，曾經說道：「重華幽而野死兮，世莫得其偽真。」這是引用了《史記》所述大舜南巡，崩於蒼梧之野的典故。賦中又曾說道：「屈子之悁微兮，抗危辭以赴淵。」這是引用了屈原自沉汨羅的典故。賦中又曾說道：「孟軻四十乃始持心兮，猶希勇乎黝賁。」這是引用了孟子四十不動心的典故。

在柳宗元的〈夢歸賦〉中，曾經說道：「偉仲尼之聖德兮，謂九夷之可居。」這是引用了《論語》中子欲居九夷的典故。賦中又曾說道：「老聃遁而適戎兮，指淳茫以縱步。」這是引用了《史記》中老聃見周之衰，遂出關而西的典故。賦中又曾說道：「蒙莊之恢怪兮，寓大鵬之遠去。」這是引用了《莊子》中大鵬將徙於南溟的典故。

在柳宗元的〈囚山賦〉中，曾經說道：「胡井眢以管視兮，窮坎險其焉逃。」這是引用了《左傳》中視廢井而求拯的故事。賦中又曾說道：「匪兕吾為柙兮，匪豕吾為牢。」這是引用了《論語》中「虎兕出於柙」及《詩經》中「執豕于牢」的成語。

從上述韓柳二人賦作中所引用成語與典故來看，韓愈在他的三篇賦類作品中，僅僅引用了成語及典故四次而已，反之，柳宗元在他的六篇賦類作品中，則已引用了成語及典故共達三十四次之多，這在二人的賦作中，是一個頗為相異的現象，韓愈在《答劉正夫書》中曾經說道：「師其意，不師其辭。」在韓愈的賦作中，似乎也可以印證他的這一見解。這是二人對於成語典故在應用時的差異現象。

六、結語

傳統文學中賦體的發展，大略而言，從〈離騷〉開始，是為騷賦盛行的時期，可以屈原宋玉等人為代表，著名的作品有〈離騷〉、〈九歌〉、〈天問〉、〈卜居〉、〈遠遊〉、〈高唐賦〉、〈神女賦〉等。到了漢代，是為辭賦盛行的時期，可以賈誼、司馬相如、揚雄、班固、張衡等人為代表，著名的作品，有〈鵩鳥賦〉、〈子虛賦〉、〈上林賦〉、〈羽獵賦〉、〈長揚賦〉、〈甘泉賦〉、〈兩都賦〉、〈西京賦〉等。魏晉以下，是駢賦盛行的時期，可以曹植、何晏、陸機、潘岳、左思、孫綽、郭璞、木華、江淹等人為代表，著名的作品有〈洛神賦〉、〈景福殿賦〉、〈文賦〉、〈秋興賦〉、〈三都賦〉、〈遊天台山賦〉、〈江賦〉、〈海賦〉、〈恨賦〉、〈別賦〉等。到了南北朝時代，則是屬於小賦的時期，可以顏延之、謝莊、沈約、庾信等人為代表，著名的作品有〈月賦〉、〈麗人賦〉、〈春賦〉、〈鐙賦〉等。到了唐代，則是律賦盛行的時期，可以元稹、白居易等人為代表，著名的作品有〈靜動交相養賦〉、〈斬白蛇賦〉、〈五色祥雲賦〉等。而韓愈與柳宗元二人，也為重要的作者。到了宋代，則是文賦盛行的時期，可以歐陽修、蘇軾等人為代表，著名的作品有〈秋聲賦〉、〈赤壁賦〉等。迄至清代，則是八股文賦盛行的時期。❹

韓愈與柳宗元的賦類作品，處在律賦盛行的時期，卻並無明顯地駢儷對偶的現象，反之，在立意與文句方面，卻有著散筆的特色，這種情形，與韓柳二人提倡古文，揚棄六朝的風氣，自然有著很大的關係，同時，他們的這種散賦的形式，對於稍後宋代歐蘇等人文賦的體裁，也產生極大的影響❺，要之，韓柳二人的賦作，在律賦與文賦的轉變之際，必然也起著樞紐性的作用，這在賦體的發展史上，也應該佔有一定的地位。

（此文原刊載於《興大中文學報》第六期，民國八十二年出版）

❹ 鈴木虎雄著、殷石臞譯：《賦史大要》，臺北，正中書局，民國五十五年。

❺ 在宋代，歐陽修是將律賦轉變到古賦文賦的關鍵人物，同時，他也正是在宋代復興韓文的功臣（參歐陽修〈記舊本韓文後〉一文），因此，唐宋賦體的轉變，由韓到歐，其中的線索，是十分值得注意的。

伍、比較韓愈與柳宗元兩篇有關南霽雲的碑傳文章

一、引言

唐玄宗天寶十四年（西元七五五年），安祿山謀反稱帝，玄帝幸蜀避難，後讓位於太子李亨，是為肅宗，肅宗至德二年（西元七五七年），安祿山死，其子安慶緒即帝位，命尹子奇為汴州刺史、河西節度使，統兵十三萬，進攻睢陽，時張巡、許遠、南霽雲等堅守睢陽，城破之後，南霽雲與張巡許遠等人，先後殉國。

韓愈曾經撰有〈張中丞傳後敘〉一文❶，對於張巡、許遠、南霽雲等人壯烈殉國的事

❶ 韓愈：〈張中丞傳後敘〉，載《韓昌黎文集》卷二，臺北，世界書局馬其昶校注本，民國五十六年，下引韓文並同。

跡，加以敘述，該文早已膾炙人口，傳誦不絕。

柳宗元也曾撰有〈唐故特進贈開府儀同三司揚州大都督南府君睢陽廟碑〉（以下簡稱〈南府君睢陽廟碑〉）❷一文，對於南霽雲的壯烈事跡，詳加表彰。

韓柳二人所撰寫的那兩篇文章，對於南霽雲的壯烈事跡，所記容有差異之處，評論也有不同的觀點。本文試以南霽雲為主軸，刺取韓柳二人的兩篇文章，加以比較，記其異同如下：

二、比較

㈠寫作文體，駢散不同

在唐代，韓愈與柳宗元，都是倡導古文運動，反對駢儷文字的主要人物，韓愈所撰寫的〈張中丞傳後敘〉，全文約一千四百字，完全用古文寫成，在全文中，也幾乎找不到運用典故的例子，這在韓愈而言，自然是當行的本色表現。可是，柳宗元所撰寫的〈南府君睢陽廟碑〉，卻完全使用駢文寫成，這不但與柳宗元一向倡導古文的立場，極不一致，同時，在柳宗元的文集中，這也是一項非常特殊的現象。

在《柳宗元集》中，一共收集了四百二十篇文章（另外，在外集及外集補遺中，還收有三十篇文章），其中用古文寫作的佔了絕大的多數，而用駢文寫成的，只有二十篇左右，其中還包括了九篇楚辭體的賦作，如〈瓶賦〉、〈牛賦〉、〈囚山賦〉等，在柳宗元的全部文章中，數量極為稀少。

如果拿柳宗元的碑誌一類的作品來看，在《柳宗元集》卷五至卷十三，所收「碑」、「銘」、「行狀」、「碣誄」、「誌」、「表誌」一類的作品中，一共收集了七十二篇文章，而僅僅只有〈南府君睢陽廟碑〉及〈南安都護張公誌〉兩篇是以駢體文字寫成，其餘七十篇文章，則都是以散體文字寫成（每篇文章之末的銘辭，習慣上多以四字韻文寫成，間或有對偶字句，則不在此限）。

另外，〈南府君睢陽廟碑〉，既然是以駢文寫成，則文章中便不免大量地使用了典故，例如碑文中說道：

技雖窮於九攻，志益專於三板。

❷ 柳宗元：〈南府君睢陽廟碑〉，載《柳宗元集》卷五，臺北，漢京出版社民國七十五年，下柳文引並同。

上句是用《呂氏春秋》所記，公輸般設雲梯欲以攻宋，而墨子設守宋之備，公輸般為九攻，而墨子為九卻的故事。下句是用《史記・趙世家》所記，智伯率韓魏之兵攻趙，趙襄子奔保晉陽，三國引汾水灌其城，城不沉者三板的典故。碑文中又說：

> 息意牽羊，羞鄭師之大臨，甘心易子，鄙宋臣之病告。

上句是用《左傳》宣公十二年所記，楚人伐鄭，國人大臨，守陴者皆哭，楚克鄭，鄭伯肉袒牽羊以逆的故事。下句是用《左傳》宣公十五年所記，楚人圍宋，宋使華元夜入楚師，告楚將子反，城中雖易子而食，析骸以爨，亦不從降的故事。碑文中又說：

> 首碎秦庭，終慚無衣之賦。身離楚野，徒傷帶劍之辭。

上句是用《左傳》定公四年所記，申包胥如秦乞師，秦哀公為賦〈無衣〉之詩，包胥涕泣頓首，秦終於出師的故事。下句是用《楚辭・九歌》「帶長劍兮挾秦弓，首身離兮心不懲」的典故。

筆者檢查了一下，在〈南府君睢陽廟碑〉約二百二十句文章中，就使用了三十二次非常明顯的典故，約佔全篇文句的百分之十五，如果除去文章最末不用典故的銘辭約六十句，則當佔全篇文句的百分之二十，使用典故的比率，的確很高。而韓愈的〈張中丞傳後敘〉，通篇以古文散體寫成，典故的運用，則是絕無僅有的了。

㈡敘述史事，描繪略殊

韓愈與柳宗元二人，在文章中，對於南霽雲的壯烈事跡，都有生動的描寫，韓愈在〈張中丞傳後敘〉中，對於此事，敘述說道：

> 南霽雲之乞救於賀蘭也，賀蘭嫉巡遠之聲威功績出己上，不肯出師救，愛霽雲之勇且壯，不聽其語，彊留之，具食與樂，延霽雲坐，霽雲慷慨語曰：「雲來時，睢陽之人，不食月餘日矣，雲雖欲獨食，義不忍，雖食，且不下咽。」因拔所佩刀，斷一指，血淋漓，以示賀蘭，一座大驚，皆感激，為雲泣下，雲知賀蘭終無為雲出師意，即馳去，將出城，抽矢射佛寺浮圖，矢著其上甎半箭，曰：「吾歸破賊，必滅賀蘭，此矢所以志也。」

又道：

城陷，賊以刃脅降巡，巡不屈，即牽去，將斬之，又降霽雲，雲未應，巡呼雲曰：「南八，男兒死耳，不可為不義屈。」雲笑曰：「欲將以有為也，公有言，雲敢不死。」即不屈。

而柳宗元在〈南府君睢陽廟碑〉中，對於此事，則敘述道：

諸侯環顧而莫救，國命阻絕而無歸，以有盡之疲人，敵無已之強寇，公乃躍馬潰圍，馳出萬眾，抵賀蘭進明乞師，進明乃張樂侑食，以好聘待之，公曰：「敝邑父子相食，而君辱以燕禮，獨何心歟？」乃自噬其指，曰：「啖此足矣。」遂慟哭而返，即死孤城，首碎秦庭，終懵無衣之賦，身離楚野，徒傷帶劍之辭。至德二年十月，城陷遇害，無傳爕之歎息，有周苛之慷慨，聞義能徙，果其初心，烈士抗詞，痛臧洪之同日，直臣致憤，惜蔡恭於累旬。

對於南霽雲乞師賀蘭進明的情形，韓愈的描寫，自然是慷慨激昂，而柳宗元所寫的「躍馬潰圍，馳出萬眾」，則比較能夠彰顯南霽雲的英勇形象，至於寫到「敝邑父子相食，而君辱以燕禮，獨何心歟」，也較韓愈所寫的「睢陽之人，不食月餘日矣」，更能彰明睢陽城中的慘狀。至於所寫「乃自噬其指，曰，啗此足矣」，與韓愈所寫的「因拔所佩刀，斷一指，血淋漓，以示賀蘭，一座大驚，皆感激，為雲泣下」，則有「自噬其指」與「拔所佩刀斷一指」的差別，而韓愈對於此事的描述，則較為深刻。

另外，柳宗元所寫南霽雲「遂慟哭而返，即死孤城」，「至德二年十月，城陷遇害」的一段，敘說雖然簡捷，卻不如韓愈所寫南霽雲「抽矢，射佛寺浮圖」與從容就義的兩段文字，來得生動感人。

後來，《舊唐書》記述南霽雲的求援於賀蘭進明，是說南霽雲「請噬一指，留於大夫，示之以信，歸報本州」，敘述到南霽雲之死時，是說「十月城陷，巡與姚誾南霽雲許遠，皆為賊所執」，「（巡）姚誾霽雲同被害」❸，很明顯的，是依據柳宗元的敘述而記錄的。

至於《新唐書》在敘述南霽雲的求援於賀蘭進明，則是說南霽雲「請置一指，以示信，

---

❸ 見《舊唐書》卷一百八十七下〈張巡傳〉，臺北，中華書局《四部備要》本。

歸報中丞也，因拔佩刀，斷指，一坐大驚，為出涕，卒不食去，抽矢，回射佛寺浮圖，矢著甎，曰，吾破賊還，必滅賀蘭，此矢所以志也」，在敘述到南霽雲之死時，則是說「乃以刃脅降巡，巡不屈，又降霽雲，未應，巡呼曰，南八，男兒死爾，不可為不義屈，霽雲笑曰，欲將有為也，公知我者，敢不死，亦不肯降，乃與姚誾雷萬春等三十六人遇害」❹，這些，都是依據韓愈的敘述而記錄的。

《舊唐書》成於後晉劉昫之手，《唐唐書》出於宋代宋祁及歐陽修之手，《新唐書》中〈列傳〉，雖多由宋祁所撰，歐陽修亦曾經參與撰寫，歐陽修擅長古文，一生所學，服膺韓愈，觀乎歐陽修所撰〈記舊本韓文後〉一文，可以概見，則《新舊唐》敘述張巡南霽雲等的事跡時，多採韓愈之說，也是極為自然之事。❺

㈢評論貢獻，見解各異

張巡、許遠、南霽雲等人堅守睢陽，對於當時的國家與社會，曾經作出了不少的影響與貢獻，韓愈與柳宗元二人，對於此事，雖然都曾予以正面的評價，但是，二人的意見，卻也並不完全相同。韓愈〈張中丞傳後敘〉中說道：

守一城，捍天下，以千百就盡之卒，戰百萬日滋之師，蔽遮江淮，沮遏其勢，天下之不亡，其誰之功也。

而在韓愈之前，李翰在〈進張巡中丞傳表〉中說道：

> 賊勢憑陵，連兵百萬，巡以數千之眾，橫而制之，若無巡，則無睢陽，無睢陽，則無江淮，賊若因江淮之資，兵彌廣，財彌積，根結盤據，西向以拒王師，雖終於殲夷，而曠日持久。國家以六師震其西，巡以堅壘扼其東，故陝鄏一戰，而犬羊北走，王師因之而制勝，聲勢才接而城陷，此天意使巡保江淮以待陛下之師，師至而巡死也，此巡之大功矣。❻

---

❹ 見《新唐書》卷一百九十二〈張巡傳〉，臺北，中華書局《四部備要》本。

❺ 參何澤恆先生：〈韓愈與歐陽修〉，載《書目季刊》十卷四期。

❻ 見《全唐文》卷四百三十。《新唐書・藝文志》著錄《李翰前集》三十卷、李翰所撰《張巡姚誾傳》二卷，並已亡佚。

在韓愈之後，《新唐書・張巡傳》也說：

時議者或謂巡始守睢陽，眾六萬，既糧盡，不持滿，按隊出再生之路，與夫食人，寧若全人，於是張澹、李紓、董南史、張建封、樊晃、朱巨川、李翰，咸謂巡蔽遮江淮，沮賊勢，天下不亡，其功也，翰等皆有名士，由是天下無異言。

韓愈的看法是，張巡等人堅守睢陽，「蔽遮江淮，沮遏其勢」，確是阻止了賊兵的前進，保護了江淮一帶廣大的土地人民，才能使得「天下之不亡」，貢獻是值得肯定的。李翰的看法是，張巡等人堅守睢陽，保護了江淮一帶，否則，「賊若因江淮之資，兵彌廣，財彌積」，朝廷能否殲滅賊兵，還在未定之天，所以，張巡等人堅守睢陽於東邊，而朝廷大軍謀動於西邊，各據一方，相為犄角，張巡等人雖然力盡而死，而賊兵也終於滅亡。這兩種看法，都是從當時張巡等人阻止了賊兵的攻勢，延緩了江淮陷落的時間去作分析，因此，認為張巡等人堅守睢陽，對於當時整個大局而言，是屬於防衛性的較為消極方面的貢獻。而《新唐書》的看法，「蔽遮江淮，沮賊勢」，則純粹是依據韓愈的意見而作的評論。

另外，柳宗元在〈南府君睢陽廟碑〉之中，對於張巡、許遠、南霽雲等人堅守睢陽的影響與貢獻，也作出了評論，他說：

> 初據雍丘，謂非要害，將保江淮之臣庶，通南北之奏復，拔我義類，扼於睢陽，前後捕斬要遮，凶氣連沮，漢兵已絕，守疏勒而彌堅，虜騎雖強，頓盱眙而不進。

又說：

> 於戲！睢陽之事，不唯以能死為勇，善守為功，所以出奇以取敵，立慬以怒寇，俾其專力於東南，而去備於西北，力專則堅城必陷，備去則天討可行，是故即城陷之辰，為剋敵之日。世徒知力保於江淮，而不知功靖乎醜虜，論者或未之思歟！

肅宗至德元年（西元七五六年）二月，真源縣令張巡起兵討賊，初守雍丘（今河南杞縣），雍丘屬於汴州，至德二年正月，安慶緒使尹子奇犯睢陽（今河南省商丘縣），睢陽屬於宋州，睢陽太守許遠告急於張巡，巡引兵入守睢陽，南霽雲稍後亦至睢陽，與張巡許遠等共事，柳宗元以為，雍丘並非軍事重地，故張巡等乃轉而堅守睢陽，因為，睢陽為東南要衝，也是南北交通的樞紐，堅守睢陽，可以保衛江淮一帶廣大的民眾，屏障敵寇進犯的要道，同時，固守既堅，勢將激怒敵人，敵人必將集中主力大軍，圍攻睢陽，以求陷落，如此，則西北一帶，賊兵勢必疏於戎備，如此，亦將使長安一帶勤王的軍隊，得到休養生息、厚集力量的機會，因此，一俟賊兵攻陷睢陽，軍方消耗疲弊之際，則勤王之師，乘勢而出，剋敵可期，故柳宗元以為，睢陽「即城陷之辰，為剋敵之日」。

柳宗元的看法，是從當時王師大軍總體戰略方面去作考量，他認為，張巡等人堅守睢陽，最後雖然陷於敵手，但是，卻大量地消耗了敵兵的戰力，嚴重地打擊了敵兵的士氣，不但阻延了賊兵的前進，也產生了引誘敵兵，轉移攻擊目標的作用，使得朝廷大軍，能夠爭取時間，休養生息，養精蓄銳，因此，一旦朝廷大軍與賊兵相接戰，則雙方在「以逸待勞」與「強弩之末」的對比上，便立即出現了強弱的差異與勝負的形勢，終於也導致了朝廷勦滅敵軍，中興唐室的結果。

因此，柳宗元對於張巡許遠南霽雲等人堅守睢陽的貢獻，是從總體戰略方面具有攻擊性質的積極意義，去作評論，見解較諸李翰韓愈等人，也更為精闢。

㈣表揚英烈，輕重有別

韓愈撰寫〈張中丞傳後敘〉，主要是記述張巡的事跡，其次，才兼及到南霽雲的事跡，因此，在該文中，對於南霽雲英勇壯烈的行為，韓愈只是作出了生動的敘述（已引見前），而並未表示出自己主觀的顯揚意見。

柳宗元撰寫〈南府君睢陽廟碑〉，主要是為彰顯南霽雲的忠義精神、英勇形象，因此，在該文中，對於南霽雲壯烈殉國的行為，柳宗元除了作出感人的敘述之外，還更加上了他自己的表彰之詞，在〈南府君睢陽廟碑〉之中，柳宗元說道：

> 急病讓夷，義之先，圖國忘死，貞之大，利合而動，乃市賈之相求，恩加而感，則報施之常道，睢陽所以不階王命，橫絕凶威，超千祀而挺生，奮百代而特立者也。

在此文中，柳宗元首先寫出英雄烈士，圖國忘死，乃是人生守正之行為，義士仁人，感念德惠，效命報恩，也是人生執持的常軌，然後指出南霽雲能兼此兩者，所以才能超越千年，奮起百代，而精神永遠長存於世。文中又說：

> 時惟南公，天與拳勇，神資機智，藝窮百中，豪出千人，不遇興詞，鬱厖眉之都尉，

數奇見惜，挫猿臂之將軍。

接著，柳宗元寫出南霽雲的英勇機智，豪傑出眾，又以飛將軍李廣，比喻南霽雲的驍勇擅射。文中又說：

惟公信以許其友，剛以固其志，仁以殘其肌，勇以振其氣，忠以摧其敵，烈以死其事，出乎內者合於貞，行乎外者貫於義，是其所以奮百代而超千祀者矣，其志不亦宜乎。

在此段文字中，柳宗元寫出了南霽雲的品德超群，能兼具「信」、「剛」、「仁」、「勇」、「忠」、「烈」、「貞」、「義」等德性，所以才能奮起百代而超越千年，一生事跡，永光史冊，足垂不朽。文中又說：

朝廷加贈特進揚州大都督，定功為第一等，與張氏許氏，並立廟睢陽，歲時致祭。男在襁褓，皆受顯秩，賜之土田，葬刻鮑信之形，陵圖龐德之狀，納官其子，見勾踐之心，羽林字孤，知孝武之志，舉門關於周典，徵印綬於漢儀，王猷以光，寵錫斯備。

在此段文字之中，柳宗元寫出了朝廷感念南霽雲的功業貢獻，不但在睢陽立廟，與張巡許遠一同受到祭祀，並且朝廷崇功報德，感念忠良，追贈官爵，澤及子孫的事實。❼柳宗元在該文的銘辭中寫道：

貞以圖國，義惟急病。臨難忘身，見危致命。漢寵死事，周崇死政。烈烈南公，忠出其性。控扼地利，奮揚兵柄。東護吳楚，西臨周鄭。梦梦群凶，害氣彌盛。長蛇封豕，踴躍不定。屹彼睢陽，制其要領。橫潰不流，疾風斯勁。梯衝外舞，缶穴中偵。鈐馬非艱，析骸猶競。浩浩列士，不聞濟師。兵食殲焉，守逾三時。公奮其勇，單車載馳。投軀無告，噬指而歸。力窮就執，猶抗其辭。圭璧可碎，堅貞不虧。寇力東

❼ 柳宗元〈為南承嗣請從軍狀〉曰：「右臣亡父，至德之歲，死節睢陽，陛下每降鴻恩，必加褒寵，臣自七歲，即忝榮班，垂五十年，常居祿秩。」又〈為南承嗣上中書門下乞兩河效用狀〉也說：「某先父死難睢陽，事存簡冊，累降優詔，榮及子孫，爰自繈褓，超昇品秩。」（兩文皆見《柳宗元集》卷三十九）可與前文互證。

盡，凶威西惡。孤城既拔，渠魁受戮。雷霆之誅，由我而速。巢穴之固，由我而覆。江漢淮湖，群生咸育。倬焉勳烈，孰與齊躅？天子震悼，陟是元功。旌褒有加，命秩斯崇。位尊九牧，禮視三公。建茲祠宇，式是形容。牲牢伊碩，康稷伊豐。虔虔孝嗣，望慕無窮。刊碑河滸，萬古英風。

在碑文最末的銘辭中，柳宗元又將南霽雲等堅守睢陽的經過，再作一次全面性的簡要敘述，在敘述中，兼也對於南霽雲的忠勇義烈，再度作出了稱揚，像「貞以圖國，義惟急病，臨難忘身，見危致命」，寫出了南霽雲的義勇，像「公奮其勇，單車載馳，投軀無告，噬指而歸」，寫出了南霽雲的英烈，像「天子震悼，陟是元功」，「刊碑河滸，萬古英風」，寫出了南霽頁的永光史冊，受人欽敬。同時，在銘辭中，柳宗元也再度強調了堅守睢陽對於剿滅敵寇的關係，像「控扼地利，奮揚兵權，東護吳楚，西臨周鄭」，像「屹彼睢陽，制其要領，橫潰不流，疾風斯勁」，都是寫出南霽雲等人堅守睢陽的作用，尤其是像「寇力東盡，凶威西惡，孤城既拔，渠魁受戮」，像「雷霆之誅，由我而速，巢穴之固，由我而覆」，更是對於南霽雲等人堅守睢陽所產生的功勞貢獻與影響，作出了肯定的評斷。

這些，都是柳宗元在彰明南霽雲的忠勇情操，表揚南霽雲的英烈精神。而韓愈的〈張中丞傳後敘〉，是以記敘張巡的事跡為主，對於南霽雲忠義精神的表揚，自然不如柳文之多。

三、附論

韓愈與柳宗元二人，交誼深厚，志趣相投，撰寫文章，時有相互呼應、性質相近的作品，也時有相互角力、爭能求勝的作品出現，前者如韓有〈圬者王承福傳〉，而柳有〈種樹郭橐駝傳〉，後者如韓有〈復讎狀〉，而柳有〈駁復讎議〉，韓有〈伯夷頌〉，柳有〈伊尹五就桀贊〉，內容則多少有相互發揮或彼此較量的意義存在。❽

韓愈的〈張中丞傳後敘〉，文章中韓氏自言「元和二年四月十三日夜，愈與吳郡張籍，閱家中舊書，得李翰所為〈張巡傳〉」，是韓愈此文，作於元和二年（西元八〇七年），韓愈四十歲之時，當無疑義。至於柳宗元〈南府君睢陽廟碑〉，作於何時，則廖瑩中於所注《柳

❽ 錢基博《韓愈志》（此據河洛出版社民國六十四年臺初版）頁七十一說：「宗元集中，有有意與韓愈爭能者。」羅聯添先生《韓愈研究》（此據臺灣學生書局民國六十六年初版）頁一七四說：「韓柳為文，時相角力競勝。」又說：「此種競勝心理，甚有助於當時古文運動的推展。」二人所舉韓柳文章相關或相角之例證甚多，此處不為一一具引。

宗元集》此文之下曾經注云：

元和三年戊子，公時三十六，永州司馬。

此說甚為合理，故文安禮於所撰《柳先生年譜》之中，即採此為說。按至德二年(西元七五七年)，南霽雲殉國之後，其子南承嗣就受到朝廷的優渥，年方七歲，即授婺州別駕，並歷任施州及涪州刺史，永貞元年(西元八〇五年)，西川節度參軍司馬劉闢謀反，南承嗣以未嘗事先防備，為言官所參，謫居永州，直到元和四年(西元八〇九年)，方才移刺澧州❾，因此，柳宗元與南承嗣二人，當時同在永州，同遭貶謫，心情相似，對於南霽雲的忠義事跡，感受特深，另外，〈南府君睢陽廟碑〉說南承嗣「服忠思孝，無替負荷，懼祠宇久遠，德音不形，願斲堅石，假辭紀美」，因此，柳宗元是受到南承嗣的請託，才撰寫此文。要之，韓愈在元和二年(西元八〇七年)年四十歲時，撰寫〈張中丞傳後敘〉，而柳宗元在元和三年(西元八〇八年)年三十六歲之時，撰成〈南府君睢陽廟碑〉，這兩篇文章，性質相近，則柳宗元在心理上，針對韓愈所作，角力爭勝，應該是極有可能的。

韓愈的〈張中丞傳後敘〉，補李翰〈張巡傳〉之不足，以為李翰之傳，「不為許遠立傳，又不載雷萬春事首尾」，因此，對於張巡的事跡，著墨最多，其次，也兼及許遠，而於南霽雲的事跡，則描寫也極為詳密。

柳宗元撰寫〈南府君睢陽廟碑〉，則以為張巡的事跡，李翰與韓愈兩文，記述已詳，而南霽雲的事跡，尚可多所著墨，故撰寫該文，專為表彰南霽雲而作，文中除了對於南霽雲的事跡，多所描述之外，對於張巡許遠南霽等人堅守睢陽的貢獻，也格外加以論列，因此，在內容上，柳氏此文，與韓愈的文章，既然類似，相互重複，自然也有爭勝角力求工的用意存在。韓愈對於張巡等人的睢陽之守，曾經評論道：「守一城，捍天下，以千百就盡之卒，戰百萬日滋之師，蔽遮江淮，沮遏其勢，天下之不亡，其誰之功也。」而柳宗元則評論道：「睢陽之事，不唯以能死為勇，善守為功，所以出奇以恥敵，立慬以怒寇，俾其專力於東南，而去備於西北，力專則堅城必陷，備去則天討可行，是故即城陷之辰，為剋敵之日，世徒知力保於江淮，而不知功靖乎醜虜，論者或未之思歟！」對於張巡許遠南霽雲等人堅守睢陽的貢獻，韓愈強調的是「蔽遮江淮，沮遏其勢」，以至於影響到「天下之不亡」，而柳宗

❾ 參柳宗元〈送南涪州量移澧州序〉（文載《柳宗元集》卷二十三）及《新唐書》卷一百九十二〈南霽雲傳〉。

元則強調了堅守睢陽所導致的更為積極的意義，「城陷之辰，為剋敵之日」，因此，對於當時一般徒知「力保於江淮」的看法，就不以為然了，其實，「力保於江淮」，與李翰韓愈二人「蔽遮江淮，沮遏其勢」的說法，意義完全相同，柳宗元所評論「世徒知力保於江淮」的意見，也是針對李韓二人而發，只是，在柳宗元的心目之中，能夠與自己相爭相抗的當「世」文士，也只有韓愈一人而已，因此，柳宗元所謂「或未之思」的「論者」，自然便是直指韓愈而言了。至於柳宗元撰寫此文，何以要使用駢儷之體，而與柳氏本人其他碑誌多以古文寫作的習慣頗相違背呢？黃震在《日抄》書中曾經說道：

一句一事，始終屬對，全似韓柳未出時文體，與子厚他文不類。

又說：

殆自墮以從俗耶！⑩

黃震以為柳宗元以駢文撰寫此碑，與柳氏其他文章，不相類似，先是推測那是柳宗元早年所用的駢體，又判斷那是柳宗元自甘墮落追隨俗尚的作品，這兩種推斷，前者以柳氏撰文的年代來說，已不是少年之作，後者恐怕也不符合柳宗元不願屈己從人的性格。何焯在《義門讀書記》中說道：

> 當時睢陽死守，李翰既為之傳，南八事首尾，韓氏又書之矣，此碑用南朝文體，蓋相避也。鬱庬眉之都尉，挫猿臂之將軍，柱厲不知而死難，狼瞫見黜而奔師，柳子方為僇人，假以發為憤慨，四六使事，復不覺其訐露耳。⓫

柳宗元「用南朝文體」為南霽雲撰寫碑文，何義門的推測，是「蓋相避也」，這四個字，頗為中肯，所謂「相避」，是因為韓愈在當時，最為擅長碑誌，錢基博在《韓愈志》中也曾說道：「韓愈碑傳，隨事肖形，萬怪惶惑，非宗元所能。」⓬因此，柳宗元在撰寫〈南府君睢陽廟碑〉之時，便只好出奇制勝，另闢蹊徑，在文體上採取韓愈所不願為的駢儷文字，撰寫

⓾ 引見《古典文學研究資料彙編柳宗元卷》（此據明倫出版社民國六十年影印版）頁一七三。

⓫ 引見《古典文學研究資料彙編柳宗元卷》頁三四六。

⓬ 見錢基博《韓愈志》頁七二。

此碑，同時，何義門所說的，「柳子方為僇人，假以發為憤慨，四六使事，復不覺其訐露」，也是非常正確的推測，因為，駢文多用典故，模棱性高，易於隱藏作者內心的感情，何焯的意見，很能體會到柳宗元當時的心情。

四、小結

韓愈的〈張中丞傳後敘〉一文，由於主角是張巡，因此，對於南霽雲的事跡，只用了部分的篇幅（全文約一千四百字，寫南霽雲約用三百字），加以敘述。柳宗元的〈南府君睢陽廟碑〉一文，由於主角是南霽雲，因此，使用了全部的篇幅（約一千一百字），去敘述南霽雲的事跡。

以南霽雲為主軸，將兩篇文章，試作比較，對於韓愈而言，並不公允，因此，筆者在比較韓柳二人那兩篇文章時，儘量不從「面」或「量」的角度，去比較兩者的組織結構、修辭技巧、藝術成就，而只是從「點」或「質」的角度，去比較兩篇文章中，文體駢散的不同，史事記述的區別，功績貢獻的評論，和主觀表揚的程度，以求見出韓柳二人在「觀點」上的差異之處。

經過以上四點的比較，可以見出，在韓柳二人的兩篇文章之中，有著以下的差異：

第一、韓柳二人，皆為古文大家，韓愈撰寫〈張中丞傳後敘〉一文，全用古文寫成，可是，柳宗元撰寫〈南府君睢陽廟碑〉一文，卻全用駢文寫就，不但與韓愈使用的古文不同，也與柳宗元本身以古文寫作的習慣，頗相乖違，這種現象，自必有其原因存在，值得探究。

第二、對於堅守睢陽的一段史事，韓柳二人的敘述，內容大體相同，不過，其中也有小處差異的情形出現，這種情形，也直接影響到後來《舊唐書》與《新唐書》對於該一史事記述的差異，這一情況，關係於新舊《唐書》史料依據採擷的趨向，並不在小，因此，本文也特別加以指明。

第三、堅守睢陽，對於當時社會國家的貢獻，韓柳二人，所見各有不同，這一現象，關係於張巡許遠南霽雲等人的歷史評價，極堪注意，對照之下，柳宗元的見解，比之韓愈，也更加能夠見及事件影響的大處，這一情況，本文也特別予以表出。

第四、對於南霽雲的表揚，韓柳二人，因為兩篇文章著眼的重點不同，因此也有了輕重多少的差別。

第五、韓柳二人，誼屬知交，文章撰作，各負盛譽，各擅勝場，而兩人在文章撰寫時，爭能求勝之事，時或有之，韓愈〈張中丞傳後敘〉一文先出，柳宗元〈南府君睢陽廟碑〉一文後作，柳氏在文章的見解上，別出心裁，求勝前人，在文體上，改弦易轍，俾與前人爭能。本文依據文章的題材，撰寫的時間，撰文的習慣等方面，嘗試著去探索柳宗元撰作該文的心理因素，並作推測，別為附論，以供參稽之用。

（此文原刊載於《興大中文學報》第九期，民國八十五年出版）

陸、柳宗元「贈序文」探究

一、引言

「贈序」是一種臨別贈言性質的作品，《老子》說：「君子贈人以言。」《荀子‧非相》說：「故贈人以言，重於金石珠玉。」意義與此相近，「贈序」的體裁，乃是由「書序」發展而成，「書序」的作品，起源很早，《莊子》的〈天下篇〉，《史記》的〈太史公自序〉，《淮南子》的〈要略篇〉，《法言》的〈吾子篇〉，都已經是〈書序〉的性質，等到許慎《說文解字》的〈序〉，那已經是正式為「書」作「序」的作品了。

魏晉以下，文人學士，宴遊雅集，吟詩作賦，然後以文章記述其事，也稱之為「序」，王羲之的〈蘭亭集序〉，王勃的〈秋日登洪府滕王閣餞別序〉，都是膾炙人口的傑出作品，其性質已不同於「書序」之作。

初唐文壇，親朋好友，在離別之際，往往贈以叮嚀之言，遂成為「贈序」的文體，贈序的內容，一般都是敘說彼此之間的友誼關係，給予對方的期勉之言，或者藉以抒發自己的心得見解，王勃、駱賓王、張說、陳子昂、張九齡等人都有此類的作品，及至盛唐時期，李華、王維、蕭穎士、劉長卿、李白、高適、元結、獨孤及等人，也都有此類文體的重要作品，但是，這種文體，到了中唐時期，才真正地興盛起來，而韓愈與柳宗元，更是撰寫「贈序」的能手。

在韓愈的文集中，一共收錄了三十二篇「贈序」作品❶，在柳宗元的文集中，一共收錄了四十六篇「贈序」作品❷，筆者前曾撰有〈韓愈贈序文的寫作技巧〉一文❸，探討韓愈的「贈序文」，本文之作，則係專門研究柳宗元有關「贈序文」的作品，而分項加以探討。

二、柳宗元贈序文之特色

㈠題材對象

「贈序」的作品，必有所贈的對象，贈予的人物，在柳宗元的四十六篇「贈序」作品之中，就其所贈的對象人物，加以分析，約可分為下列幾類：

1.贈官宦

柳宗元的贈序作品，其贈予的對象，為在朝居官之職位者，共有十二篇，計為〈送楊凝郎中使還汴宋詩後序〉、〈送崔群序〉、〈送邠寧獨孤書記赴辟命序〉、〈同吳武陵送前桂州杜留後詩序〉、〈送寧國范明府詩序〉、〈送幸南容歸使聯句詩序〉、〈送李判官往桂州序〉、〈同吳武陵贈李睦州詩序〉、〈送南涪州量移澧州序〉、〈送薛存義序〉、〈送薛判官量移序〉、〈送李渭赴京師序〉，共計十二篇。

2.贈文士

柳宗元的贈序作品，其贈予的對象，為未居官位之文士者，共有二十篇，計為〈送苑論登第後歸覲詩序〉、〈送蕭鍊登第後南歸序〉、〈送班孝廉擢第歸東川覲省序〉、〈送獨孤

---

❶ 馬其昶：《韓昌黎文集校注》，臺北，世界書局，民國五十七年再版。（韓愈贈序之文，以此書卷四所收，文題中有「送」字「贈」字者為準）。

❷ 《柳宗元集》，臺北，燕京文化事業有限公司，民國七十一年。（柳宗元贈序之文，以此書卷二十二至二十五所收，文題中有「送」字者為準）。

❸ 胡楚生：〈韓愈贈序文的寫作技巧〉，載《第五屆唐代文化學術研討會論文集》，國立中正學歷史系，民國八十九年。

申叔侍親往河東序〉、〈送豆盧膺秀才南遊詩序〉、〈送趙大秀才往江陵謁趙尚書序〉、〈送嚴公貺下第興元覲省詩序〉、〈送元秀才下第東歸序〉〈送辛殆庶下第遊南鄭序〉、〈送崔子符罷舉詩序〉、〈送蔡秀才下第歸覲序〉、〈送韋七秀才下第益友序〉、〈送辛生下第序〉、〈送韓豐群公詩後序〉、〈送婁圖南秀才遊淮南將入道序〉、〈送易師楊君序〉、〈送徐從事北遊序〉、〈送詩人廖有方序〉、〈送元十八山人南遊序〉、〈送賈山人南遊序〉，共計二十篇。

3. **贈親人**

柳宗元的贈序作品，其贈予的對象，為自己之親人、族人者共有五篇，計為〈送從兄偁罷選歸江淮詩序〉、〈送從弟謀江陵序〉、〈送澥序〉、〈送內弟盧遵遊桂州序〉、〈送表弟呂讓將仕進序〉，共計五篇。

4. **贈僧人**

柳宗元的贈序作品，其贈予的對象，為方外之僧人者，共有九篇，計為〈送方及師序〉、〈送文暢上人登五臺遊河朔序〉、〈送巽上人赴中丞叔父召序〉、〈送僧浩初序〉、〈送元嵩師序〉、〈送琛上人南遊序〉、〈送文郁師序〉、〈送玄舉歸幽泉寺序〉、〈送濬上人歸淮南覲省序〉，共計九篇。

以上四類，共計為四十六篇，由此四類四十六篇贈序文中，可以見出，柳宗元交往之親朋友人，及其往還事略狀況之一斑。

㈡表達內容

柳宗元所撰四十六篇贈序文，就其作品之內容而言，約可分為下列幾項重點：

1. 議論政理

柳宗文不但是一位傑出的文學家，同時也是一位卓越的思想家，他對「民本」的觀點，在我國政治思想史上，也應佔有極其重要的地位，在〈送薛存義之任序〉中，柳宗元說道：

> 凡吏於土著，若知其職乎？蓋民之役，非以役民而已也，凡民之食於土者，出其什一，傭乎吏，使司平於我也，今我受其直，怠其事者，天下皆然，豈惟怠之，又從而盜之。向使傭一夫於家，受若直，怠若事，又盜若貨器，則必甚怒而黜罰之矣，以今天下多類此而民莫敢肆其怒與黜罰，何哉？勢不同也，勢不同而理同。❹

❹ 同注❷，下引柳宗元文並同。

在這一段文章中，柳宗元首先肯定，官吏應該是為民眾服勞而執役的，卻不是去役使百姓民眾的，因此，他將政府所委派的地方官吏，看作是與民眾出錢共同聘僱的傭工，沒有兩樣，雖然，官吏與傭工之間，形勢似不相同，但是，官吏與傭工，同樣是享受出自民間的俸祿，同樣是為眾民百姓而服役，因此，「勢不同而理同」，在這裡，政府官吏是「公僕」的觀念，已經相當成熟，「公僕」的名稱，也幾乎是呼之欲出。

古代的民本思想，萌芽甚早，《尚書・皐陶謨》中說：「天聰明，自我民聰明，天明畏，自我民明畏。」《尚書・酒誥》中也說：「人無於水監，當於民監。」都是說明了「民意」的重要，民本的思想，到了孟子，才算達到了高峰，《孟子・盡心下》說：「民為貴，社稷次之，君為輕。」但是，自從秦統一天下之後，專制政體形成，民本的思想，自然受到壓制，從孟子之後，直到柳宗元，才提出了官吏是「公僕」的說法，不能不說是非常難得的見解。柳宗元在〈送寧國范明府詩序〉中說：

> 夫為吏者，人役也，役於人而食其力，可無報耶？

同樣也是一種「公僕」的觀念，這種觀念，在中唐時期提出，在政治思想史上，確實應該是彌足珍貴的。

2.會通儒佛

在中唐時代，韓柳齊名，韓愈尊崇儒學，拒斥佛老，柳宗元卻讀書廣博，接近佛道，並且從事會通儒佛的工作，在〈送巽上人赴中丞叔父召序〉中，他曾說道：「吾自幼好佛，求其道，積三十年。」所以，他的思想觀點，也較為開闊包容，在〈送元十八山人南遊序〉中，柳宗元說道：

> 太史公嘗言：「世之學孔氏者，則黜老子，學老子者，則黜孔氏，道不同不相為謀。」余觀老子，亦孔氏之異流也，不得以相抗，又況楊墨申商，刑名縱橫之說，其迭相訾抵牾而不合者，可勝言邪！然皆有以佐世，太史公沒，其後有釋氏，固學者之所怪駭舛逆其尤者也。今有河南元生者，其人閎曠而質直，物無以挫其志，其為學恢博而貫統，數無以躓其道，悉取向之所以異者，通而同之，搜擇融液，與大道適，咸伸其所長，而黜其奇邪，要之，與孔子同道，皆有以會其趣，而其器足以守之，其氣足以行之，不以是道求合於世，常有意乎古之守雌者。

在此文中，柳宗元不但認為老子只是孔學的異流，以為老子之道，並不與孔學絕對相反，同時，他也認為楊墨申商、刑名縱橫之說，雖然與孔學不合，但是，只要用其所長，都可以有助於世用，另外，柳宗元更提到釋家之學，以為雖為世人所怪駭，卻「要之與孔子同道，皆有以會其趣」，他這種開明包容，會通儒佛的觀點，是十分難得的。在〈送僧浩初序〉中，柳宗元說道：

儒者韓退之，與余善，嘗病余嗜浮圖言，訾余與浮圖遊，近隴西李生礎自東都來，退之又寓書罪余，且曰：「見送元生序，不斥浮圖。」浮圖誠有不可斥者，往往與《易》、《論語》合，誠樂之，其於性情奭然，不與孔子異道。

又說：

退之所罪者其跡也，曰髡而緇，無夫婦父子，不為耕農蠶桑而活乎人，若是，雖吾亦不樂也，退之忿其外而遺其中，是知石而不知韞玉也，吾之所以嗜浮圖之言以此，與其人遊者，未必能通其言也，且凡為其道者，不愛官，不爭能，樂山水而嗜閑安者為多，吾病世之逐逐然唯印組為務以相軋也，則舍是其焉從，吾之好與浮圖遊以此。

柳宗元以為，佛理與儒家《易經》、《論語》之義，往往有相合之處，而僧人之徒，往往不愛官，不爭能，不似世俗儒者之爭名逐利，因此，他之所以與僧徒往還，主要是愛好佛理及僧人之淡泊，他也批評韓愈拒斥佛徒，只是剋就表面的形跡而言，未能深入其內，並不公允。

另外，在〈送文暢上人登五臺遂遊河朔序〉中，柳宗元也稱讚僧人文暢，將能「統合儒釋，宣滌疑滯」，在〈送元暠師序〉中，柳宗元也期許僧人元暠，「且與儒合」，在〈送文郁師序〉中，柳宗元也提到僧人文郁，「讀孔氏書，為詩歌逾百篇」，「又遁而之釋」，要之，柳宗元不像韓愈一般，拒斥佛老，在思想觀念上，他更加開明廣闊，主張會通儒釋，而不局限於一隅。

3. **表彰忠義**

柳宗元的贈序文中，有兩篇表彰忠勇義烈人士的文章，其中最為重要的，便是表彰南霽雲之子南承嗣的作品。

唐代安史之亂，南霽雲與張巡、許遠同守睢陽，南霽雲曾單騎突圍，前往臨淮，求救兵於賀蘭進明，未得援軍，城破死節。南霽雲之壯烈行徑，韓愈於〈張中丞傳後敘〉中曾詳記其事，柳宗元於〈唐故特進贈開府儀同三司揚州大都督南府君睢陽廟碑〉中也曾詳記其事，兩篇文章，也並傳於世。

順宗永貞元年，南霽雲之子南承嗣，因官涪州刺史，而西川節度行軍司馬劉闢謀反，官吏以南承嗣未能事前防範，因謫至永州，時柳宗元因王韋事件，貶在永州，二人因之相稔，憲宗元和四年，立鄧王寧為太子，大赦天下，南承嗣得以移刺澧州，有關此事，柳宗元於〈送南涪州量移澧州序〉中說道：

> 越有納官之令以勝大敵，漢有羽林之制以威四夷，國家寵先中丞，邁古人之烈，故君自未成童，品常第四，人猶曰於古為薄，漢北地都尉卬，以不勝任陷匈奴，而子單侯于鉼，濟北相韓千秋，以匹夫之諒，奮觸南越，而子延年侯于成安，君之土田之錫，猶挫於有司之手，始由施州為涪州，扞蜀道勍寇，晝不擇刃，夜不釋甲，曰，我忠烈胤也，期死待敵，敵亦曰，彼忠烈胤也，盡力致命，是不可犯，然而筆削之吏，以簿書校討贏縮，受譴茲郡。

柳宗元在此文之中，首先談到國家榮寵南霽雲的死節，故於南承嗣七歲之時，即授予四品官銜的婺州別駕，但較之古人，世人仍然以為朝廷有薄待之嫌，繼之則敘說劾寇謀反，南承嗣守土衛國，「晝不釋刃，夜不釋甲」，以無忝先人節烈的忠義行為，卻受制於刀筆之吏，貶謫至永州的情形，〈送南涪州量移澧州序〉又說：

> 永州多謫吏，而君侯惠和溫良，故其歡愉異於他部，優詔既至，而君適雠於文，其往也獨，故凡羨慕之辭，無不加等，噫！以君承荷之重，恭肅之美，四方之求忠壯義烈者，將於君是觀。

柳宗元在此文後段，也提到南承嗣「承荷之重，恭肅之美」，因此，「四方之求忠壯義烈」的人才者，都必將以南君為準則的讚許之辭。

柳宗元在另外一篇〈同吳武陵贈李睦州詩序〉中提到，當時有唐室宗親李錡，嘗為鹽鐵轉運使及節度使，而「竊貨財，聚徒黨」，將以謀反，及憲宗即位，大立制度，於是李錡恐懼，「視部中良守不為己用者，誣陷去之」，其部屬李睦州因此先後被貶於循州與永州，元和二年，李錡據潤州謀叛，李睦州適在謫途之中，李錡以兵眾百人阻於楚越之郊，李睦州且戰且走，乃得安抵貶所，稍後，李錡伏誅，「論者謂宜還睦州以明其誣」，睦州至永州，吳武陵贈之以詩，而柳宗元遂為之序，以記其事之始末，且以表彰李睦州之忠勇義烈。

柳宗元的贈序文中，雖然只有兩篇文章屬於表彰忠義人士的行徑，但是，其用心的專注，其性質的重要，尤其是關於南承嗣的事跡，格外值得留意，故加以強調說明。

4.安慰落第

唐代實行科舉制度，因此，科考舉試，便成為人才登進的唯一途徑，儒生士子，寒窗苦讀，名登金榜，自然欣喜逾恆，不幸落第，心中苦悶，可以想知，柳宗元本人在科考方面，雖然一帆風順，但是，對於友人中落第之士，則也不時作出慰藉之言，在〈送元秀才下第東歸序〉中，柳宗元說道：

> 周乎志者，窮躓不能變其操，周乎藝者，屈抑不能貶其名，其或處心定氣，居斯二者，雖有窮屈之患，則君子不患矣，元氏之子，其殆庶周乎！言恭而信，行端而靜，勇於講學，急於進業，既遊京師，寓居仄陋，無使令之童，闕交易之財，可謂窮躓矣，而操逾厲，志之周也。

元秀才名公瑾，勇於講學，急於進業，卻困於窮躓，赴京科考，卻「當三黜之辱」，失意落第，在此文的後段之中，柳宗元說道：

> 余聞其欲退家殷墟，修志增藝，懼其沉鬱傷氣，懷憤而不達，乃往送而諭焉，夫有湛盧豪曹之器者，患不得犀兕而剸之，不患其不利也，今子有其器，宣其利，乘其時，夫何患焉，磨礪而坐待之可也，遂欣欣而去。

對於元公瑾，柳宗元不但親自前往探視，曉諭理道，同時，撰為贈序，加以激勵，終於使得元秀才「欣欣而去」，可謂善莫大焉。

又如在〈送崔子符罷舉詩序〉之中，柳宗元提到崔子符，「少讀經書，為文辭，本於孝悌」，卻「六選而不獲」，柳宗元恐其懷憂喪志，因此，「獻之酒，賦之詩而歌之，坐者從而和之，既和而敘之」，對崔生加以鼓勵。

又如在〈送韋七秀才下第求益友序〉之中，柳宗元提到韋中立，「其文懿且高，其行愿以恆」，然而，卻「進三年連不勝」，柳宗元在此文中，則安慰韋秀才說，「今由州郡抵有司求進士者，歲數百人，咸多為文辭，道今語古，角夸麗，務富厚，有司一朝而受者幾千萬言，讀不能十一，即偃仰疲耗，目眩而不欲視，心廢而不欲營，如此而曰，吾能不遺士者，偽也」，柳宗元卻從試務官員閱卷，官少卷多，閱卷不可能絕對公允而無所遺漏，對於落第之士，加以寬解。

在柳宗元的贈序文中，有七篇送科考下第之序，數量也不算少，此處則略加枚舉，以見一斑。

5. **期勉族人**

柳氏始祖，出於展禽（柳下惠），展禽為魯士師，食采於柳，遂以為姓，秦併天下，柳氏遷於河東，自是之後，源遠流長，代出賢才，柳宗元在〈送澥序〉中，曾經說道：

人咸言吾宗宜碩大，有積德焉，在高宗時，並居尚書省二十二人，遭諸武，以故衰耗，武氏敗，猶不能興，為尚書吏者，間十數歲乃一人，永貞年，吾與族兄登，並為禮部屬，吾黜，而季父公綽更為刑部郎，則加稠焉。

柳澥是柳宗元的族人，在此文中，柳宗元自言柳氏宗族在朝為官，自盛至衰，又自衰稍興的情形，此文後段又說：

自吾為僇人，居南鄉，後之穎然出者，吾不見之也，其在道路幸而過余者，獨得澥，澥質厚不諂，敦朴有裕，若器焉，必隆然大而後可以有受，擇所以入之者而已矣，其文蓄積甚富，好慕甚正，若墻焉，必基之廣而後可以有蔽，擇其所以出之者而已矣，勤聖人之道，輔以孝悌，復嚮時之美，吾於澥焉是望，汝往哉，見諸宗人，為我謝而勉焉。

柳宗元此文，作於元和四年，貶在永州之時，所以說，「自吾為僇人，居南鄉」，而柳澥前往永州探視宗元，而柳澥又「質厚不諂，敦朴有裕」，是以柳宗元因而激勵柳澥，自己也滿懷希望，希望柳氏宗族能夠「復嚮時之美」，而尤其「於澥焉是望」了。

柳宗元被貶往永州時，其內弟盧遵，隨同前往，柳宗元在〈送內弟盧遵遊桂州序〉中，曾經說到盧遵的為人，「廣而不肆，巽而不懾，孝敬忠信之道，拳拳然未嘗去乎其中」，由於盧遵追隨柳宗元在永洲，陪伴左右，不肯遠遊，時因裴行立為桂管觀察使，裴氏為人正直，故盧遵得以偶一往遊，而柳宗元也撰序相贈，以示期勉感謝之忱。

另外，在〈送表弟呂讓將仕進序〉中，柳宗元提到其表弟呂讓，「得賢人之上資，增以嗜儒書，多文辭，上下今古，左程右準」，而呂讓擬出而登仕，問途於柳宗元，宗元也鼓勵他「以其道從容以行，由於下、達於上」，「若健者之升梯」，期勉他為國效力。

要之，由柳宗元在贈序文中對於宗族親人的期勉激勵，從而也可見出，柳宗元天性醇厚，關懷戚友的心情。

柳宗元的贈序文，就其內容而言，約可分為以上幾項重點。

㈢寫作技巧

在柳宗元的四十六篇贈序文中，探索其寫作之技巧，大略而言，可從以下幾個角度，加以研究：

1.起筆變化

在贈序的作品中，柳宗元所使用的起筆變化，頗有可觀之處，有時他直接從敘事引入主題，有時又從議論引入主題，有時又從地理山川引入主題，這幾種文章起筆的方式，是柳宗元在贈序文中較常使用的技巧，例如〈送楊凝郎中使還汴宋詩後序〉寫道：

> 談者謂大梁多悍將勁卒，亟就滑亂，而未嘗底寧。控制之術，難乎中道。蓋以將驕卒暴，則近憂且至，非所以和眾而乂民也，將誅卒削，則外虞實生，非所以扞城而固圉

也。是宜慰薦喣諭，納為腹心，然後威懷之道備。聖上於是撫以表臣，贊以藝人，參剛柔而兩用，化逆順而同道。既去大憝，遂安有眾。

故楊公以謀議之隙，對揚王庭，不踰時而承詔復命，示信于外諸侯。時當朝之羽儀，凡同官之寮屬，皆餞焉。

楊凝是大曆年間進士，初以吏部郎中出為宣武軍判官，憲宗貞元十二年，自大梁朝於京師，及自京還汴，柳氏作此序以贈之，序文之首，先敘「談者謂大梁，多悍將勁卒」入手，繼之以言，朝廷對之，「宜慰薦喣諭，納為心腹」，方為上策，是以天子「撫以表臣，贊以藝人」，方能去大憝而安民眾，由是而引出楊凝即奉天子之命而往來京師與大梁之間，以示信於諸侯，也引出柳氏撰此文用以贈送楊凝之意義。又如〈送豆盧膺秀才南遊序〉寫道：

君子病無乎內而飾乎外，有乎內而不飾乎外者。無乎內而飾乎外，則是設覆為阱也，禍孰大焉；有乎內而不飾乎外，則是焚梓毀璞也，詬孰甚焉！於是有切磋琢磨鏃礪栝羽之道，聖人以為重。豆盧生，內之有者也，余是以好之，而欲其遂焉。而恒以幼孤羸餒為懼，恤恤焉遊諸侯求給乎是，是固所以有乎內者也，然而不克專志於學，飾乎外者未大，吾願子以《詩》、《禮》為冠屨，以《春秋》為襟帶，以圖史為佩服，琅乎璆璜衝牙之響發焉，煌乎山龍華蟲之采列焉，則揖讓周旋乎宗廟朝廷斯可也，惜乎余無祿食於世，不克稱其欲，成其志，而姑欲其速反也，故詩而序云。

此序送豆盧秀才南遊，先自議論引起，先就君子之人，「無內飾外」及「有內不飾外」兩者，作為議論之資，從而引出豆盧為「內有」之人，故「余是以好之」，並盼其博習經籍，充實自我，而並求美飾其外，以備他日周旋於宗廟朝廷之上。又如〈送李渭赴京師序〉寫道：

過洞庭，上湘江，非有罪左遷者罕至。又況踰臨源嶺，下灕水，出荔浦，名不在刑部而來吏者，其加少也固宜。前余逐居永州，李君至，固怪其棄美仕就醜地，無所束縛，自取瘴癘。後余斥刺柳州，至于桂，君又在焉，方屑屑為吏。噫！何自苦如是耶？

明時宗室屬子當尉畿縣，今王師連征不貢，二府方汲汲求士。李君讀書為詩有幹局，久游燕、魏、趙、代間，知人情，識地利，能言其故。以是入都干丞相，益國事，不

> 求獲乎己，而己以有獲。予嫉其不為是久矣。今而曰將行，請余以言。行哉行哉！言止是而已。

李渭是唐朝宗室，而能體恤民情，多識疾苦，自求為官於邊鄙荒遠之地，故柳氏此序，即先自地理位置，以及邊荒遠陬之地入手，以見李渭以宗室之尊，而自甘遠就於瘴癘之地，然後引入稱許李渭之能「不求獲乎己，而己以有獲」之嘉美德行。

以上三種文章起筆的方式，是柳宗元在贈序文中，使用較為明朗的技巧。

2. 譬喻手法

柳宗元在撰寫贈序文時，也經常使用譬喻的手法，藉著其他的事項，以比喻眼前的主旨，例如〈送崔群序〉寫道：

> 貞松產於巖嶺，高直聳秀，條暢碩茂，粹然立於千仞之表。和氣之發也，稟和氣之至者，必合以正性。於是有貞心勁質，用固其本，禦攘冰霜，以貫歲寒，故君子儀之。清河崔敦詩，有柔儒溫文之道，以和其氣，近仁復禮，物議歸厚，其有稟者歟？有雅厚直方之誠，以正其性，愨論忠告，交道甚直，其有合者歟？是故日章之聲，振於京

> 師。嘗與隴西李杓直，南陽韓安平，洎予交友。杓直敦柔深明，沖曠坦夷，慕崔君之和；安平厲莊端毅，高朗振邁，説崔君之正；余以剛柔不常，造次爽宜，求正於韓，襲和於李，就崔君而考其中焉。忘言相視，默與道合。今將寧覲東周，振策于邁，且餞于野，或命為之序。

此文之中，以貞松之「高直聳秀，條暢碩茂，粹然立於千仞之表」，「故君子儀之」，作為比喻之對象，然後以崔群之「柔儒溫文」，「雅厚直方」，作出比喻，而引出崔群實能以「日章之聲，振於京師」之主旨。又如〈送幸南容歸使聯句詩序〉寫道：

> 昔漢室方盛，文章之徒，合於京師，亦既充金馬石渠，則又溢于諸侯，求達其意，故枚乘客于吳，相如遊于梁，其或致書匡主，用極其志，節之大者也，適時觀變，以成其性，道之茂者也。
>
> 渤海幸君，既登於太常之籍，又膺邯鄲之召，北會元戎，直道自達，吾儕器其略；南聘天朝，相禮述職，公卿多其儀。合度於易于之間，雖枚生之節，長卿之道，無以尚也。冬十有二月，朝右禮備，復于轅門，我同升之友，是用榮其趣舍，惜其離曠，卜

茲良辰，詠歎其美。比詞聯韻，奇藻遞發，爛若編貝，粲如貫珠，琅琅清響，交動左右。群公以侍御之往也，予闕其述，命繫而序焉。

此文送幸南容，而以漢代文章之盛，齊集於金馬門、石渠閣，而尤以枚乘司馬相如為代表，作為比喻之對象，然後以幸南容之「北會元戎」，「南聘天朝」，即以枚乘司馬相如之高才博學，也「無以尚也」，用以引出推崇幸南容之主旨。又如〈送韓豐群公詩後序〉寫道：

春秋時，晉有叔向者，垂聲邁烈，顯白當世。而其兄銅鞮伯華，匿德藏光，退居保和，士大夫其不與叔向游者，罕知伯華矣。然仲尼稱叔向曰「遺直」「由義」，又稱伯華曰「多聞」「內植」，進退兩尊，榮於策書，故羊舌氏之美，至于今不廢。宗元常與韓安平遇於上京，追用古道，交於今世，以是知吾兄矣。兄字茂實，敦朴而知變，弘和而守節，溫淳重厚，與直道為伍。常績文著書，言禮家之事，條綜今古，大備制量，遺名居實，澹泊如也，他日當為達者稱焉，在吾儕乎？則韓氏之美，亦將焜燿於後矣。

此文送韓豐等人，首段乃以春秋賢士叔向及伯華兄弟為言，後段之中，則以韓豐（字茂實）及韓泰（字安平）兄弟與自己之交往為言，而以韓氏兄，比喻叔向伯華兄弟，藉叔向伯華兄弟之賢，以見韓氏兄弟之賢，以叔向伯華兄弟之留名千古，也斷定「韓氏之美，亦將焜燿於後」。

以上所舉，皆屬柳宗元於贈序文中，經常使用之譬喻例證。

3. 主客對比

柳宗元在贈序文的寫作中，也時常使用主客對比的技巧，藉著對比的事項，將文章的主旨呈現出來，例如〈送澥序〉寫道：

> 人咸言吾宗宜碩大，有積德焉。在高宗時，並居尚書省二十二人，遭諸武，以故衰耗，武氏敗，猶不能興，為尚書吏者，間數十歲乃一人。永貞年，吾與族兄登，並為禮部屬。吾黜，而季父公綽更為刑部郎，則加稠焉。又觀宗中為文雅者，炳炳然以十數，仁義固其素也，意者其復興乎？
>
> 自吾為僇人，居南鄉，後之穎然出者，吾不見之也。其在道路幸而過余者，獨得澥，澥質厚不諂，敦朴有裕，若器焉，必隆然大而後可以有受，擇所以入之者而已矣。其

文蓄積甚富，好慕甚正，若牆焉，必基之廣而後可以有蔽，擇其所以出之者而已矣。勤聖人之道，輔以孝悌，復嚮時之美，吾於澥焉是望。汝往哉！見諸宗人，為我謝而勉焉。無若太山之麓，止而不得升也，其唯川之不已乎！吾去子，終老於夷矣！

此序首言柳氏族人之盛，在唐高宗時，居尚書省高官者有二十二人之多，及武則天稱帝之後，遭武氏親人逼害，遂漸衰落，至武氏雖敗，而柳氏仍不能振興，其為尚書吏者，隔數十年之久，乃僅得一人而已。及宗元貶至永州，遠居南方，柳氏族人，相見者尤少，其下乃引出族人柳澥，南來相見，其人又敦朴有裕，蓄積甚富，是將大有可為，而宗元己身也望之甚為殷切。此文前後兩段，以對比之法，比較柳氏族人昔日之盛及今日之衰，而復以柳澥資質之美，乃寄之以厚望也。又如〈送方及師序〉寫道：

代之游民，學文章不能秀發者，則假浮屠之形以為高；其學浮屠不能愿慤者，則又託文章之流以為放。以故為文章浮屠，率皆縱誕亂雜，世亦寬而不誅。今有方及師者獨不然，處其伍，介然不踰節；交於物，沖然不苟狎。遇達士述作，手輒繕錄，復習而不懈，行其法，不以自怠。至於踐青折萌，汎席灌手，雖小教戒，未嘗肆其心，是固異夫假託為者也。薛道州、劉連州，文儒之擇也，館焉而備其敬，歌焉而致其辭，夫豈貸而濫歟？余用是得不繫其說，以告于他好事者。

此文送僧人方及，前段寫代之遊民，往往不能學文，則藉浮屠之名以標傍，或不能學佛，則又藉文章以求名，而率多縱誕亂雜，不務篤實。此文後段，以「方及師者獨不然」，引出下文方及之行，「介然不踰節」，「沖然不苟狎」，而與前文作比對，以見方及師之卓然不群，秀出其中，所以為儒者如薛伯高、劉禹錫等所尊敬也。又如〈送獨孤申叔侍親往河東序〉寫道：

河東，古吾土也，家世遷徙，莫能就緒。聞其間有大河、條山，氣蓋關左，文士往往彷徉臨望，坐得勝概焉。吾固翹翹褰裳，奮懷舊都，日以滋甚。獨孤生，周人也，往而先我，且又愛慕文雅，甚達經要，才與身長，志益強力，挾是而東，夫豈徒往乎？溫凊奉引之隙，必有美製，儻飛以示我，我將易觀而待，所不敢忽。古之序者，期以申導志義，不為富厚，而今也反是。生至於晉，出吾斯文於筆硯之伍，其有評我太簡者，慎勿以知文許之。

此序送獨孤申叔往河東，而河東又是柳宗元的故鄉，然河東雖是柳宗元的故鄉，柳宗元卻未曾親臨其地，因此，此文寫作，柳氏即從「河東，古吾土也，家世遷徙，莫能就緒」入手，又寫到故土山川，「聞其間有大河條山，氣蓋關左，文士往往仿佯臨望，坐得勝概」，而自己卻「翹翹褰裳，奮懷舊都，日以滋甚」，然後引出獨孤申叔，有幸能先我而往，又贊許獨孤申叔之才之美，挾是而東，必有所成。此文即以河東故土，柳氏不能前往，而獨孤申叔反能前往，兩相對比，以見主旨。

三、結語

林紓在《韓柳文研究法》中曾經說道：「贈序一門，昌黎極其變化，柳州不能逮也。」[5]林琴南的批評，雖然不無道理，但是，如果試將柳宗元的四十六篇贈序作品與韓愈的三十四篇贈序文章，稍作比較，則就其大略而言，也可見出一些彼此的差異：

1. 韓愈贈序文的行文氣勢，確較柳宗元更為充沛壯盛。

---

[5] 林紓：《韓柳文研究法》，臺北，廣文書局，民國五十三年初版。

2.韓愈贈序文的篇章結構，變化詭奇，確實要較柳宗元來得佳勝。
3.柳宗元贈序文的內容題材，則較韓愈的作品，範圍更加擴大。
4.柳宗元贈序文中的見解，有極為卓越的看法，如闡揚民本義蘊等。
5.柳宗元贈序文中對於學術之包容性，也較韓愈為強，例如對於佛教之觀點，不似韓愈獨尊儒學，而攘斥佛道。

要之，贈序文由魏晉以下，發展到了初唐、盛唐，逐漸有所成熟，尤其到了中唐時期，韓愈與柳宗元二人，更是撰寫贈序文的大家，二人的贈序文作品，在文學史上，不僅是前無古人，即在二人之後，也罕有作者，能夠與之相提而並論，是以韓柳二人的贈序作品，在古今的贈序作品之中，也更加彌覺珍貴。

（此文原刊載於《興大人文學報》三十三期，民國九十二年出版）

柒、柳宗元〈遊黃溪記〉論考

柳宗元（西元七七三至八一九年）從唐順宗永貞元年（西元八〇五年）貶往永州，至憲宗元和十年（西元八一五年），奉詔返回長安，在永州居住了整整十年，在永州的十年之中，他撰寫了許多的山水遊記作品，〈遊黃溪記〉作於元和八年，是柳宗元在永州所撰的最後一篇山水遊記。閱讀了〈遊黃溪記〉之後，個人有一些感想和問題，寫在下面，聊供參考。

一、寫作方法是否摹仿的問題

柳宗元〈遊黃溪記〉是一篇非常優秀的遊記作品，林琴南甚至以為，「〈遊黃溪記〉為柳州集中第一得意之筆」❶，記中最為特殊的地方，一是文章起筆的方式，二是描寫景物的

❶ 林紓：《韓柳文研究法》，臺北，廣文書局，民國五十三年。

方法。〈遊黃溪記〉開頭寫道：

> 北之晉、西適豳，東極吳，南至楚越之交，其間名山水而州者以百數，永最善。環永之治百里，北至于浯溪，西至于湘之源，南至於瀧泉，東至于黃溪東屯，其間名山水而村者以百數，黃溪最善。❷

廖瑩中注本在此段文字之下注曰：

> 《漢書·西南夷傳》：「南夷君長以十數，夜郎最大。」此下凡用滇最大，邛都最大，徙、筰都、冉驪最大，公文勢本此。

廖注所說的《漢書·西南夷傳》，其實應作《史記·西南夷傳》，因《漢書》此傳實本於《史記》，所以，吳子良《荊溪林下偶談》便以為柳宗元〈遊黃溪記〉的起語，「句法亦祖《史記·西南夷傳》」，林琴南《韓柳文研究法》也說：「入手摹《史記·西南夷傳》，中間寫石狀，曲繪無遺，唯具此神筆，方許作遊記。」也以為是由於摹仿的工夫，才產生了柳宗元描寫山水的神妙筆法。

柳宗元在〈遊黃溪記〉開頭之處的寫作方法，根據孫琮的分析是，「一起先從豳晉吳楚，四面寫來，抬出永州。次從永州名勝，四面寫來，抬出黃溪，便見得黃溪不獨甲出一個永州，早已甲出天下，地位最佔得高。」❸因此，柳宗元是用烘托的手法，突出想要彰顯的目標，由大處寫到小處，這種方法，確實是十分特殊，而這種手法，根據前述三家的說法，都是肯定柳宗元是摹仿自《史記・西南夷傳》的寫法而來。可是，章士釗的《柳文指要》，則不以摹仿之說為然，章士釗說：

〈遊黃溪記〉，王伯厚以為仿太史公〈西南夷傳〉，最稱奇作，所謂仿〈西南夷傳〉，不過〈傳〉云：「南夷君以十數，夜郎最大。」而子厚云：「名山水而州者以百數，而永最喜。」用筆取勢相似，伯厚因謂仿太史公為奇，此殆頭腦近乎冬烘，而亦小之乎視子厚也。至何義門謂〈黃溪記〉乃柳文之未能自成家者，不得云奇，此冬

---

❷ 柳宗元：《柳宗元集》，臺北，漢京文化事業公司，民國七十一年，下引並同。

❸ 引見《山曉閣選唐大家柳柳州集》。

烘更甚於伯厚，豈足以談柳文哉？❹

王應麟（伯厚）是宋朝人，他也以為〈遊黃溪記〉是摹仿自《史記》的〈西南夷列傳〉，而章士釗則堅決反對，以為王應麟的意見「近乎冬烘」，未免太小視了柳宗元的創作能力，因此，〈遊黃溪記〉開始的那段文字，到底是不是由摹仿而來，便有了兩種截然不同的看法。另外，〈遊黃溪記〉中有兩段描寫景物的文字，其一說：

黃神之上，揭水八十步，至初潭，最奇麗，殆不可狀，其略若剖大甕，側立千尺，溪水積焉，黛蓄膏渟，來若白虹，沉沉無聲，有魚數百尾，方來會石下。

其二說：

南去，又行百步，至第二潭，石皆巍然，臨峻流，若頦頷齗齶，其上大石雜列，可坐飲食。有鳥，赤首烏翼，大如鵠，方東嚮立。

這兩段文字，描寫景物，頗為傳神，只是，這種描寫的方法，是摹仿他人而來的呢？抑或是柳宗元自己戛戛獨創的呢？吳汝綸《評點柳宗元集》引述姚氏之言說：

朱子謂《山海經》所記異物，有云東西嚮者，以其有圖畫在前故也，此言最當。子厚不悟，作山水記效之，蓋無謂也，後人又有以子厚此等為工而效法者，益失之矣。❺

此處所引姚氏，當是姚鼐，姚氏先引朱子之說，以為《山海經》因另有圖畫，所以記述異物，面對圖畫，才有「東西嚮」之說，姚氏又以為，柳宗元〈遊黃溪記〉中「有鳥，赤首烏翼，大如鵠，方東嚮立」，即是摹仿《山海經》中的記述方法，而卻是摹仿不得其當的。不過，姚氏的看法，吳汝綸本身就不以為然，他說：

東嚮立云者，與上文「方來會石下」，皆當時所見，即景為文，不必效《山海經》

---

❹ 章士釗：《柳文指要》，北京，中華書局，一九七一年。

❺ 引見章士釗《柳文指要》。

也，不為病。

章士釗《柳文指要》也說：

〈記〉云：「有魚數百尾，方來會石下，……有鳥，赤首烏翼，大如鵠，方東嚮立。」此一絲不溢之寫真文字也，曰「數百尾」，當時所見之魚群如是，曰「東嚮立」，當時目中之方向如是，倘於此而異議焉，惟作記有寫實之例禁則可。

吳氏章氏之說，以為柳宗元在〈遊黃溪記〉中對於魚與鳥的描寫，只是「即景為文」，只是根據實物的情況加以描繪，並非摹仿他人，章氏並且以為，信如朱子之說，必如《山海經》，另有圖畫，才能說明方嚮，則文學作者，「說明方嚮，必賴圖經，倘無圖經，即不可能說方嚮」，「此說殊怪」，其實，無論是《山海經》或是〈遊黃溪記〉，作者當時據實所記動物的位置，總有一個方向，與另外有無圖畫，並無關係，朱子之說，也太拘泥。此外，陳衍在《石遺室論文》中也說：

子厚所記「有鳥，赤首烏翼，大如鵠，方東嚮立」，固特仿《山海經》，然《山海經》係載此處所產之物，柳文乃記此處所見之物，故於「東嚮立」上加一「方」字，移形換步，且上文有例在也，上文言「有魚數百尾，方來會石下」，亦加一「方」字，可見皆就當日所目擊者記之，非呆仿《山海經》，致成笑柄也。❻

陳衍以為，「有鳥」，「方東嚮立」，「有魚數百尾，方來會石下」，都是柳宗元根據當時親身目見的事物加以忠實的記敘，句型上雖然有摹仿《山海經》的結構，卻並不是刻板地一昧抄襲。

其實，文學作家在平常閱覽時，讀書萬卷，融會胸中，一旦遇到適切的機會，自然會將往日心中積蓄的資料，已有的規模，流露筆下，鋪寫成文，所寫出來的方式詞彙，並不一定心中仍然明確記憶其原來的出處，也並不一定必然自覺到是有意識地去強加套用。因此，作者在創作文章時，為了配合當時的情況，運用胸中平日原有積蓄的方法和資料，變化多端，改易面貌，此在作者自己，或許也不能一一去追溯來源，也不必一一去追溯其來源。要之，

❻ 陳衍：《石遺室論文》，臺北，中華書局。

文學作者，平日的多方積蓄與寫作時的自然流露，兩者並非一事，在讀者而言，或許可以追溯出一些痕跡的來源，在作者而言，則只在要求其表達的適切，兩者之間，各有立場，雖有關聯，卻不必完全相同，因此，是摹仿或是創作，恐怕也不容易分辨得那麼清晰了。

二、柳宗元以黃神自喻的問題

柳宗元擅長寫作寓言，不但像〈捕蛇者說〉、〈羆說〉、〈蝜蝂傳〉、〈三戒〉等是純粹的寓言作品，即使是在描寫山水景物的遊記之中，也時常將自己心中所寄託的寓意，寫入文章之中，在〈遊黃溪記〉中，有兩段文字，曾提到「黃神之祠」，〈記〉中先說：

> 黃溪距州治七十里，由東屯南行六百步，至黃神祠，祠之上，兩山牆立，丹碧之華葉駢植，與山升降，其缺者為崖峭巖窟，水之中，皆小石平布。

〈記〉中又說：

又南一里，至大冥之川，山舒水緩，有土田，始，黃神為人時，居其地，傳者曰：「黃神，王姓，莽之世也，莽既死，神更號黃氏，逃來，擇其深峭者潛焉。」始莽嘗曰：「余，黃虞之後也。」故號其女曰黃皇室主。黃與王，聲相邇而又有本，其所以傳言者益驗。神既居是，民咸安焉，以為有道，死，乃俎豆之，為立祠。後稍徙，近乎民，今祠在山陰溪水上。

前一段文字寫景物，極為優美，後一段文字寫寓意，抒發寄託。在前段文字之中，「兩山牆立」，寫山勢陡峭，「丹碧之華葉駢植」，寫紅花綠葉植立在道路的兩旁，比並排列，鮮明艷麗，「與山升降」，寫駢立的樹木隨順山勢的高低起伏而變化多端。在後段文字中，提到黃神為王莽族人，避世來到黃溪，有功於民，身故之後，百姓感念其德，俎豆馨香，祭祀不輟；用來寄託柳宗元自己身遭貶謫，久居邊邑，歸期無望，因而想要效法黃神，利安百姓，期能獲得人們的尊敬，徐善同《藏室讀書記》說：

〈黃溪記〉「最差」云者，果何謂乎？寧非以其有大冥之川，為黃氏之所潛歟？「神既居是，民咸安焉，以為有道，死，乃俎豆之，為立祠，後稍徙，近乎民」，記黃神，實自志其所志與所期者歟？並柳州之政，與夫羅池之廟以觀，雖謂之為自志其所志與所期者，可也！則黃溪之記，豈在其山水之美哉！❼

柳宗元遭遇黨禍，遠謫荒徼，憂讒畏譏的心情，與黃神相同，在歸期難卜的情況下，以黃神自喻，以黃神的作為自期，也是很自然的事情，只是，王莽在歷史上的評價，一直是負面的居多，而柳宗元雖然懷抱濟世之志，革新朝政，八司馬事件之後，表達心意，卻以王莽的族人後裔作為自己比喻的對象，難道絲毫不顧慮人們的聯想及評議嗎？《漢書·王莽傳·贊》曾說：

王莽始起外戚，折節力行，以要名譽，宗族稱孝，師友歸仁。及其居仁輔政，成哀之際，勤勞國家，直道而言，動見稱述，豈所謂「在家必聞」，「色取仁而行達」者邪？

又說：

及其竊位南面，處非所據，顛覆之勢，險於桀紂，而莽晏然自以黃、虞復出也。乃始恣睢，奮其威詐，滔天虐民，窮凶極惡，毒流諸夏，亂延蠻貉，猶未足逞其欲焉。是以四海之內，囂然喪其樂生之心，中外憤怨，遠近俱發，城池不守，支體分裂，遂令天下城邑為虛，丘壠發掘，害徧生民，辜及朽骨，自書傳所載亂臣賊子無道之人，考其禍敗，未有如莽之甚者也。昔秦燔《詩》《書》，以立私議，莽誦《六藝》，以文姦言，同歸殊途，俱用滅亡。❽

《漢書・敘傳》於敘〈王莽傳〉時也說：

咨爾賊臣，篡漢滔天，行驕夏癸，虐烈商辛，偽稽黃虞，繆稱典文，眾怨神怒，惡復誅臻，百王之極，究其姦昏。❾

王莽篡漢，班固身為漢臣，評論王莽，自然不免嚴加斥責，但是，考察王莽的行為，一個

❼ 徐善同：《藏室讀書記》，臺北，作者自行本。

❽ 班固：《漢書》卷九十九〈王莽傳〉，臺北，鼎文書局，民國八十年。

❾ 班固：《漢書》卷一〇〇〈敘傳〉，臺北，鼎文書局，民國八十年。

「偽」字，卻也應該是他的定評，雖說及身伏誅，罪不涉於妻孥後裔，但是，從柳宗元的立場而言，貶謫永州，久居邊徼，身罹大僇，歸鄉無望，所可爭者，在表明自己從事政事，「以興堯舜孔子之道，利安元元為務」[10]，在讓世人明瞭，自己參與王韋事件，「許國不復為身謀」[11]，因此，心跡的表明，首重「誠」字，而一個「偽」字，最是柳氏應該避之唯恐不及的地方，何以柳宗元卻絲毫不加避諱，而逕以黃神自喻自期呢？

柳宗元遊歷黃溪，得見黃神之洞，觸景生情，感懷身世，因以自喻，這種情況，可以理解，但是，讀〈遊黃溪記〉，總是覺得，「黃神」其人，並不是柳宗元必需取以自喻的絕佳對象。

當然，柳宗元在他的遊記文章中，很少假藉古人，用以自喻，〈遊黃溪記〉以古人自喻，是唯一的例外，如果柳宗元能在遊記之中，選出一位更加適合的歷史人物，作為自己取喻的對象，則對於柳氏自身，也將能獲得更多的同情與了解。

三、柳宗元遊記的編次問題

坊間通行的《柳宗元集》共有四十五卷[12]，〈遊黃溪記〉收在第二十九卷，在二十九卷之中，共收集了遊記十一篇，根據文安禮的《柳先生年譜》，並參考文中的相關記載，可以得知，〈始得西山宴遊記〉（文中說「是歲元和四年也」）、〈鈷鉧潭記〉、〈鈷鉧潭西小丘記〉、〈至小丘西小石潭記〉等四篇，作於元和四年，〈袁家渴記〉、〈石渠記〉（文中說「元和七年正月八日，蠲渠至大石」）、〈石澗記〉、〈小石城山記〉等四篇，作於元和七年，可是，作於元和八年的〈遊黃溪記〉（文中說「元和八年五月十六日，既歸為記」），卻排列在二十九卷內的眾篇之首。另外，據文安禮《柳先生年譜》所記，〈柳州山水近治可遊者記〉作於元和十年，而〈柳州東亭記〉文末注明「元和十二年」作，卻排列在〈柳州山水近治可遊者記〉之前，因此，二十九卷之中，十一篇遊記的排列次序，並不完全依照寫作時間先後來列次。

《柳宗元集》是由劉禹錫所編定的，《四部叢刊》影宋本《劉夢得文集》載有劉氏所撰《柳宗元集》的〈序〉文曾說：「病且革，留書抵其友中山劉某曰，我不幸，卒以謫死，以遺草累故人。某執書以泣，遂編次為三十通，行於世。」則柳宗元的詩文集，經劉禹錫編定的，應是三十卷，但是，根據現存的《柳宗元集》四十五卷本來看，編次的原則，大抵是先

❿ 柳宗元：〈寄許京兆孟容書〉，載《柳宗元集》卷三十。

⓫ 柳宗元：〈愚溪詩〉，載《柳宗元集》卷四十三。

⓬ 同注❷。

依文體分類，然後每類之中，再依寫作時間，先後排列。可是，如果每類之中，必依寫作時間先後為次的話，則二十九卷中的遊記作品，次序便有點紊亂了。

另外，我們再檢視一下二十八卷，卷內收集了九篇記述文章，除了寫作時間無法考定的篇章之外，〈始得西山宴遊記〉說：「今年九月二十八日，因坐法華西亭，望西山，始指異之。」則〈永州法華寺新作西亭記〉當作於元和四年，〈永州龍興寺西軒記〉文中說：「永貞年，余名在黨人，不容於尚書省，出為邵州，道貶永州司馬，至則無以為居，居龍興寺西序之下。」則該文當作於元和元年。然而，〈西軒記〉反列於〈西亭記〉之後。又〈永州龍興寺修淨土院記〉作於元和二三年間，〈永州鐵爐步志〉文中說：「余乘舟來，居六年。」則該文當作於元和八年，〈柳州復大雲寺記〉作於元和十二年，而〈大雲寺記〉反列於〈修淨土院記〉與〈鐵爐步志〉之前。

又如卷二十七內，收集了六篇記述文章，其中〈永州韋使君新堂記〉作於元和七八年間，〈永州崔中丞萬石亭記〉文中說：「時元和十年正月五日記。」則該文作於元和十年，〈零陵三亭記〉亦當在永州時作，〈桂州裴中丞作訾家洲亭記〉文中說：「元和十二年，御史中丞裴公來蒞茲邦。」則該文當作於元和十四年，宗元時在柳州，而〈訾家洲亭記〉反列於〈新堂記〉、〈萬石亭記〉、〈零陵三亭記〉之前。

又如卷三十一內，共收集了九篇書信作品，其中〈與韓愈論史官書〉作元和九年（韓愈於元和八年六月為史館修撰），〈與史官韓愈致段秀實太尉逸事書〉作於元和九年，〈與呂道州溫論非國語書〉作於元和六年以前（呂溫卒於元和六年八月），而〈與呂道州溫論非國語書〉反列於致韓愈兩書之後。

以上略舉其例，以見《柳宗元集》中遊記類以至其他文體類之作品，其編輯次第，頗多未依寫作先後排列之現象。尤其值得注意的是，柳文中時有明確列舉寫作年月的作品，而其編列次第，竟然仍有紊亂，不免使人覺得詫異。

柳宗元於元和十四年（西元八一九年）去世之後，劉禹錫為他編定文集三十卷，但是，五代以後，《柳集》卻散佚殆盡，宋代初年，穆修訪得《柳集》，與李之才重為編定，計四十五卷，其後，沈晦、李石、李褫等人，又重加校定，而廖瑩中所刻的世綵堂刊本，最為精美，南宋以後，學者們對於《柳集》的整理，多半偏重於音釋注解，而張敦頤、嚴有翼、童宗說、潘緯、韓醇、魏仲舉等人，皆嘗從事此項工作，以迄元明清代以下，《柳宗元集》的刊刻印刷，益為繁多⑬，改易編次的情形，或也不能斷言絕無僅有，因此，《柳宗元集》中

⑬ 參萬曼：《唐集敘錄》，臺北，明文書局，民國七十一年。

遊記類的文章，以至於其他各類的文章，其編輯的次第，如果有紊亂失序的現象，恐怕也並不能夠完全責怪劉禹錫一人了。

四、「永州八記」或「九記」的問題

世人一般所稱的「永州八記」，是指《柳宗元集》卷二十九中〈始得西山宴遊記〉、〈鈷鉧潭記〉、〈鈷鉧潭西小丘記〉、〈至小丘西小石潭記〉、〈袁家渴記〉、〈石渠記〉、〈石澗記〉、〈小石城山記〉等八篇文章，這八篇文章，前四篇作於元和四年，後四篇作於元和七年，可是，作於元和八年的〈遊黃溪記〉，在各種不同版本的《柳宗元集》中，都排於〈始得西山宴遊記〉之前，而世人也不將之列入「永州八記」之中。

「八記」之名，出現的時間並不太久，清人常安在《古文披金》卷十四的評語中說道：

西山八記，脈絡相通，若斷若續，合讀之，更見其妙。⓮

常安只是說到「西山八記」，並不曾說是「永州八記」，其實，〈始得西山宴遊記〉，是從遊歷西山開始，往後〈鈷鉧潭記〉等七篇，都是由西山出發，向前去遊歷，遊歷的方向，多半往西前行，或偏西北，偶或才有折向東方的，遊歷的地點，也都與西山相距不遠，因此，從西山出發，從〈始得西山宴遊記〉開始，稱呼以下八篇為「西山八記」，倒也是十分適合的。相對地，黃溪不但方向偏在西山的西南方⓯，距離西山也較為遙遠（〈遊黃溪記〉說：「黃溪距州治七十里。」），自然不便提出與西山無密切關聯的「西山九記」了。至於真正提到「永州八記」之名的，恐怕是時間比常安稍晚的清人孫梅，他在《四六叢話》卷三十一曾說：

> 天地間山水林麓，奇偉秀麗之致，賴文人之筆以陶寫之……惟柳子「永州八記」，筆力高絕萬古，雲霄一羽毛，非諸家所敢望爾。

「永州八記」之名，似乎最早見之於此。不過，世綵堂本《河東先生集》卷二十九注曰：

⓮ 引見吳文治：古典文學研究資料《柳宗元卷》，臺北，明倫出版社，民國七十年。

⓯ 參見湖南省一九七九年測繪所得之〈永州九記舊址示意圖〉。

> 自〈遊黃溪記〉至〈小石城山記〉，為記凡九，皆記永州山水之勝，年月或記或不記，皆次第而作耳。

世綵堂本《河東先生集》是宋人廖瑩中的刻本，他的刻本，以精美著稱，時代也早，但是，〈遊黃溪記〉也已排列在二十九卷之首，不過，他所提到的「九記」，卻是值得注意的說法，其實，《柳宗元集》中，收集柳宗元在「永州」所寫的「記」，為數尚多，在《柳宗元集》卷二十七及卷二十八之中，即有〈永州新堂記〉、〈永州萬石亭記〉、〈永州龍興寺息壤記〉、〈永州龍興寺東丘記〉、〈永州法華寺西亭記〉、〈永州龍興寺西軒記〉、〈永州修淨土院記〉等七篇以「永州」為名的「記」，加上卷二十九的九篇「記」，似乎也可以稱之為是「永州十六記」了，如果再加上卷二十七的〈零陵三亭記〉和卷二十八的〈零陵郡復乳內記〉兩篇（零陵為永州州治所在），則可以稱之為「永州十八記」了，雖然，「永州八記」或「永州九記」以記述山水遊歷為主，可是，像〈永州新堂記〉與〈萬石亭記〉所描寫「大石林立」及「怪石森然」的景象，〈零陵三亭記〉所描寫花草魚鳥的形態等等，也都與山水記述有關。

其實，《柳宗元集》卷二十九中的「八記」或「九記」，在篇名上都並無「永州」的字樣，反而卷二十七及卷二十八中的七篇，卻都是在「永州」的「記」，將之歸入到「永州×記」的名號之中，在語義上並無不妥。只是，卷二十九中的幾篇文章，從〈始得西山宴遊記〉到〈小石城山記〉或到〈遊黃溪記〉，都是以記述山水景物遊歷為主，歸成一類，也自合理，與柳氏其他的「記」，也確不相同，因此，在一般的情形下，我們似乎也不必特別去強調「永州十六記」或「永州十八記」的名稱。

至於到底應該是「永州八記」或「永州九記」呢?章士釗《柳文指要》說道：

「永州八記」，世人大抵以〈始得西山宴遊記〉起，到〈小石城山記〉止，共八篇，而〈遊黃溪記〉不在內。猶之「八司馬」，指柳、劉、韓（泰、曄）、李（景儉）、凌（準）、陳（諫）、程（巽），共八人，而韋執誼不在內。凡此皆千年來文壇之順口溜，而印合爾巧，莫知其所由然而然。⑯

其實，「永州八記」與「八司馬」，都不應該只是「八」，「八記」之外，還有〈遊黃遊

---

⑯ 同注❹。

記〉也是在永州的遊記，「八司馬」之外，還有韋執誼曾貶為司馬，所以，說「永州八記」和「八司馬」，章士釗以為，只是文壇的習慣說法而已，並不一定需要去認真看待。

總之，認真地去推求，「永州八記」之名，還不如「西山八記」之稱，更為符合事實，也更為合理，只是，「永州八記」的說法，既已約定俗成，成為文壇的慣稱，加上國人喜歡言「八」的習慣，像「八景」、「八仙」一樣，「永州八記」長久以來，既然已經被人們所接受所指稱，似乎也就不必再去爭論什麼「永州九記」的名分了。

讀柳宗元〈遊黃溪記〉，心中有幾個問題，抒寫出來，以就教於同好。

（此文原刊載於《廉永英教授榮退紀念論文集》，民國八十五年出版）

捌、柳宗元「亭池記」與「祠廟記」探究

一、引言

柳宗元（七七三至八一九）字子厚，祖籍河東（今山西省永濟縣），故世人稱之為柳河東。唐代宗大歷八年生，唐憲宗元和十四年卒，年四十七歲。因其卒於柳州刺史任內，故世人也稱之為柳柳州。

柳宗元推動古文運動，與韓愈齊名，後世被列入「唐宋八大家」之中，其古文作品，各體兼備，而尤以山水遊記，最為出色，所撰「永州八記」，傳誦千古，後人研究者，也極為眾多。

柳宗元去世之後，詩文作品交由其友人劉禹錫為之編定，共有三十卷，此本流傳漸稀，到了北宋，坊間出現了四十五卷的重編本，經過穆修、李之才、沈晦先後校訂之後，方才通

行於世。[1]今傳四十五卷本《柳河東集》，其中第二十九卷之首，舊本題曰「記山水」，所收即「永州八記」等遊記作品；而其第二十七卷之首，舊本題曰「記亭池」；其第二十八卷之首，舊本題曰「記祠廟」。所記雖以亭台樓閣、山祠寺廟為主，其中仍有極多記敘山水之成份，性質也與「永州八記」頗相近似，而其中所蘊含之其他意義，也極豐富。但是後世讀者，對此兩卷作品的注意，則遠不如「永州八記」之受到重視，不免令人有所惋惜。此文之作，即取該兩卷中之作品，加以分析，並取與「永州八記」酌為比較，以見柳氏古文作品中，另一類深具內涵的作品，也值得讀者加以注意。本文並將該兩卷作品改以「亭池記」與「祠廟記」為名，以便與第二十九卷中「山水遊記」的俗稱，相互對當，以方便了解。

二、探究

在《柳河東集》的第二十七卷、第二十八卷之中，一共收集了柳宗元十四篇以「記」為名的作品，另外一篇〈永州鐵爐步志〉，雖不以「記」為名，但「志」的意義，也與「記」相似。本文對於這兩卷中的作品，試加分析，則其內容約可分為「寄寓教化」、「闡釋政道」、「祛除迷信」、「宣揚佛理」、「描寫山水」等五項重點，以下，即分別加以敘述討論。

(一)寄寓教化

柳宗元不但是一位傑出的文學家，也是一位優秀的政治家。在他的許多作品中，都顯現了教化百姓的重要思想，例如在〈潭州楊中丞作東池戴氏堂記〉之中，他稱讚潭州刺史楊憑，能夠於東池之濱，建築廳堂，而招致賢士戴簡，使居住於此，作為百姓仿傚的榜樣。因為，戴簡能夠擁有「離世」與「樂道」兩項美德，足以作為百姓學習的對象，因此，文中說道：

> 地雖勝，得人焉而居之，則山若增而高，水若闢而廣，堂不待飾而已奐矣。❷

在上文中，柳宗元強調了「山水得賢人居之而益增其優勝」，「賢人得山水映襯而益增其清

❶ 參考《四庫提要》卷一五〇所收《柳宗元集》三種之提要。

❷ 柳宗元：《柳河東全集》，臺北，河洛圖書出版社，民國六十三年，頁四五〇。

高」的用意，主要也是為了稱許楊憑能夠推行教化百姓的舉措而發。

又如在〈永州韋使君新堂記〉中，柳宗元稱許永州刺史韋彪，能夠將蕪穢雜亂的山區，加以整理芟潔，並構建新堂，以為州民游觀之所，因此，文中說道：

> 見公之作，知公之志，公之因土而得勝，豈不欲因俗以成化，公之蠲濁而流清，豈不欲廢貪而立廉，公之居高以望遠，豈不欲家撫而戶曉，夫然，則是堂也，豈獨草木土石水泉之適歟！山原林麓之觀歟！將使繼公之理者，視其細知其大也。❸

在上文中，柳宗元申述了韋刺史之除污去穢，構建新堂，主要的目的，在於使人民由此感悟，學習仁愛的精神，樹立廉潔的節操，達到教化百姓的目的。

又如在〈道州毀鼻亭神記〉中，柳宗元記述道州有鼻亭神，主要是為了祭祀舜帝之弟名「象」的祠廟。但是歷史上記載，象卻是一個性格頑劣的人，「為子則傲，為弟則賊」。因此，當道州刺史薛伯高來到其地之後，以為鼻亭神所祀之象，「以惡德而專世祀，殆非化吾人之意哉」，乃下令將鼻亭神加以拆毀，將象之神主拋沉江中，因此，文中說道：

凡天子命刺史於下，非以專土疆、督貨賄而已也。蓋將教孝悌、去奇邪，俾斯人敦忠睦友，祇肅信讓，以順於道，吾之斥是祠，以明教也。❹

在上文中，柳宗元藉刺史之口，強調了地方官吏應當闡明教化的用意，也對於薛刺史禁止淫祀的行為，達到「斥一祠而二教興焉」的效果，推廣了百姓遵行孝悌的風氣，表示了由衷的欽佩。

以上是柳宗元在「亭池記」與「祠廟記」的作品中，寄寓教化思想的一些例子。

(二)闡釋政道

柳宗元二十一歲登進士第後，曾歷任藍田縣尉、監察御史、禮部員外郎、柳州刺史等官爵，因此，在他的「亭池記」與「祠廟記」中，也顯現了不少政治的理念，治民的觀點。例如在〈零陵三亭記〉中，他敘述零陵縣東邊的山麓，有山泉流出石中，形成一片泥濘的濕

❸ 同注❷，頁四五四。
❹ 同注❷，頁四六〇。

地，任憑許多牛羊家畜前來飲水放牧，以致雜草叢生，有人用竹籬略加遮蔽，卻乏人管理。而歷來許多地方官，對此也都不加理會，以致零陵政治混亂，等到薛存義奉令來到此地，擔任縣令，經過他的整治，流散在四處的百姓都逐漸還鄉，欠繳的賦稅，也都陸續補足，民眾也都恢復了往日的歡笑。於是薛存義乃令工人開闢藩籬，驅逐牛羊，疏通水流，種植嘉木美卉。並依山勢的高低，在縣署附近，構築了三座不同的亭台，以供賓客及百姓旅遊觀賞之用，因此，文中說道：

> 邑之有觀游，或者以為非政，是大不然。夫氣煩則慮亂，視壅則志滯。君子必有游息之物，高明之具，使之清寧平夷，恆若有餘，然後理達而事成。❺

在上文中，柳宗元闡釋了為政者可以藉著山水游觀之具，使得自己抒解煩亂，心氣寧宜，獨照智慧，進而深邃思慮，設想出造福百姓的許多措施，因此，他也得出了「夫觀游者，果為政之具歟」的結論。章士釗《柳文指要》對柳氏此文，曾經說道：「本文開篇數語，即將近世邑政必多設公園之理，都收攝去。」❻並稱許柳氏，認為都邑之有游覽建置，為全民解煩息慮萬不可少者，此一觀點，難能可貴，尤為我國歷史上所僅見。

又如〈零陵郡復乳穴記〉中，柳宗元敘述了零陵郡（當作連山郡）歷年出產的石鐘乳，是藥中的佳餌，因此，官府與社會人士，需求孔亟。但是，五年以前，連州之民向官府稟報，說是該地深山窮林，洞穴險處所生產的石鐘乳，卻已經窮搜不得，告盡於世了，即使要進貢朝廷，也需要向其他地區購買。及至刺史崔敏到達連州上任，不過一月左右，郡民卻向刺史稟報，深山洞穴之中，石鐘乳卻再次出現，因此，連州之人，皆視此為莫大的祥瑞，並群起而歌詠其事。但是採石鐘乳的穴人，卻說出了兩項理由，以指陳石鐘乳復見的原因，其一，是前任刺史好利貪鄙，儘求石鐘乳，卻不付予報酬；其次，採集石鐘乳，必需經歷艱辛危險，方得採集，卻得不到相應的報酬，所以，基於這兩項理由，採集石鐘乳的「穴人」，才對官府及社會，以「告盡」相報。反之，現今的崔刺史來到連山，施政廉潔，誠懇待民，於是，「穴人」乃以誠對待，稟告「乳復」的情形，其實，並不是什麼祥瑞的現象，因此，文中說道：

❺ 同注❷，頁四五七。

❻ 章士釗：《柳文指要》，北京，中華書局，一九七一年，頁八一一二。

士聞之曰，謠者之祥也，乃其所謂怪者也，笑者之非祥也，乃其所謂真祥者也。君子之祥也，以政不以怪，誠乎物而信乎道，人樂用命，熙熙然以效其力，斯其為政也，而獨非祥也歟！❼

柳宗元借士人之口，特別強調了真正祥瑞的表現，是以官吏施政的良窳作標準，卻並不是以神異現象作標準，官吏們以誠待民，人民樂於效力，才是行政治民最為吉祥的徵兆。以上，是柳宗元在「亭池記」與「祠廟記」的作品中，寄寓政治原理的一些例子。

㈢祛除迷信

柳宗元富於科學思想，這在他的〈天說〉一文中，強調「天地，大果蓏也，元氣，大癰痔也，陰陽，大草木也，其烏能賞功而罰禍乎。功者自功，禍者自禍，欲望其賞罰者大謬，呼而怨，欲望其哀且仁者，愈大謬矣。」❽主張天只是自然界的一些物質，因此，天與人不相關。而與韓愈所主張的，天是有意志、能降福禍於人的神格意義，大不相同。

由於深富科學思想，柳宗元也對社會上一些民間的迷信觀念，經常加以駁斥，例如在〈永州龍興寺息壤記〉中，柳宗元記述永州百姓相傳的一則神異現象，就是在永州龍興寺的東北角邊，有一佛堂，堂邊土地，隆然突起，大約有兩丈寬，一尺五寸高。當初修建佛堂之時，曾將該一高地加以鏟平，但是，鏟平之後，該一土地卻又隆然生長，繼續增高，似如有生命可以生長的情形一般。同時，凡持鐵鏟參加鏟土平地工作的人，事後都一一死亡。因此，永州之民，都認為該一土地，是有生命可以成長的神奇異物，而龍興寺中的僧眾，也不敢再對該一土地，加以鋤鏟接近。

柳宗元深知永州民眾迷信鬼神，他在該文之首，先引述《史記・天官書》及《漢書・天文志》的記載，也曾記述了古代有「地長」的說法。又引述《戰國策・秦策》及《史記・甘茂傳》的記載，也記述了「息壤」該一地名。而《山海經・海內經》也記述了鯀治洪水，偷竊了上帝的「息壤」以堙塞洪水的故事。然後柳宗元綜合古代與當時的那些神怪傳聞，而作出了科學的分析。在上文中他說道：

> 今是土也，夷之者不幸而死，豈帝之所愛耶？南方多疫，勞者先死，則彼持鍤者，其

❼ 同注❷，頁四五九。

❽ 同注❷，頁二八五。

死於勞且疫也，土烏能神？❾

柳宗元認為，南方多濕熱的疫病，勞動的人民，過於耗費體力，往往易致疾病而死。而土地生長不息的情形，則是一種自然界地殼變化的現象，而並非鬼神怪異所致，因此，「土烏能神」一句重要的判斷，正是柳宗元破除民眾迷信的重要宣告。

又如在〈柳州復大雲寺記〉中，柳宗元記述柳州一帶的民眾，普遍迷信機祥鬼怪，又生性嗜好掠殺。人們如果遇有疾病，則多驚慌而聚集巫師，持雞骨作卜筮，祈求鬼神護佑，並殺小牲家畜，用以祭禱祈福，如病不見效，則再殺中牲家畜，用以祭禱祈福，如病再不見效，則不惜再殺大牲家畜，用以祭禱祈福，如疾病再不好轉，則遍與親戚家人訣別，預備身後之事，以為鬼神已不再關顧自己，遂絕食自斃而死。因此之故，柳州一帶人口日漸稀少，田畝日漸荒蕪，家畜牛羊銳減，官府之人，「董之以禮則頑，束之以刑則逃」，教化禮法，已無所施其用，唯因勢利導，以佛教因果之事教之，還可以稍稍得見其效。柳宗元至柳州擔任刺史之後，了解到柳州原有四所佛寺，其中三所在柳江北岸，唯有大雲寺在柳江南岸，可惜大雲寺已在百年之前，早遭焚燬，柳宗元乃命工鳩建，重新構築大雲寺。上文中他說道：

元和十年，刺史柳宗元始至，逐神于隱遠而取其地，其旁有小僧舍，闢之廣大逵、達橫術，北屬之江，告于大府，取寺之故名，作大門，以字揭之，立東西序，崇佛廟，為學者居，會其徒而委之食，使擊磬鼓鐘，以嚴其道而傳其言。而人始復去鬼息殺，而務於仁愛，病且憂，其有告焉而順之，庶乎教夷之宜也。❿

柳宗元重修大雲寺，廣增廡序，會集僧徒，焚香誦經，合以鐘磬，逐漸教化百姓，不再迷信鬼神，並停止自殘的行為，而接受仁愛的思想。

以上，是柳宗元在「亭池記」與「祠廟記」的作品中，引導百姓祛除迷信的一些例子。

㈣宣揚佛理

柳宗元對佛教教理，有相當的理解，與佛教僧人，也有極多的往還，因此，在他的作品中，也常有對於佛理的宣揚，例如在〈永州法華寺新作西亭記〉中，柳宗元記述自己初到永

---

❾ 同注❷，頁四六一。
❿ 同注❷，頁四六五。

州不久，與友人遊覽地勢最高的法華寺，並與法華寺的住持僧人覺照相識，覺照告以所居西廡之外，有大竹數萬，再往外去，即有陡峭的山峰與懸崖絕壁，卻為繁密茂盛的竹林擁塞，遮蔽了眼前的視線，柳宗元認為如果斬伐竹枝，闢一小徑，行至竹叢之外，必將眼前開闊，大有所見。覺照乃告以山崖之下，有大片池沼，有荷花盛開，水流一直延申到湘江流經的地方，可以遠眺羣山會聚的景象。於是柳宗元乃命令工人，伐竹取道，直到山壁陡峭之處，建築了一所簡單的茅亭，作為遊人觀賞休憩的所在。但是，優美的景色雖然呈現，覺照先前的話語，卻也引起了柳宗元的驚異，認為覺照何以能預知大竹數萬之外，有如是的美景大觀？同時，既知有此美景，何以不儘早伐竹取道，以利觀賞呢？行文至此，他才說道：

> 余謂昔之上人者，不起宴坐，足以觀於空色之實，而遊乎物之終始。其照也逾寂，其覺也逾有。然則向之礙之者為果礙耶？今之闢之者為果闢耶？
>
> 彼所謂覺而照者，吾詎知其不由是道也？豈若吾族之挈挈於通塞有無之方以自狹耶？⓫

對於先前自己的疑問，柳宗元也自行提出了解答，他認為覺照上人，只需安坐冥會，就可以觀察到「空」與「有」兩種事物的真諦，而神遊於萬物之終始，他的明覺照察，超越了事物的寂靜，他的開悟慧智，超越了事物的有形。因此，法華寺西廡之外的大竹數萬，在昔並不能構成對於上人的阻礙，伐竹取道以後所闢出的路徑，在今也不需構成對於上人的便捷。對於萬物景色，世俗之人是用眼目去作視看的工具，上人卻是用心靈去作視解的工具。在此文中，柳宗元巧妙地將法華寺住持覺照的名號，與佛法中的理道，相互扣聯，不但解除他人之惑，更解除一己之惑，以拓展自己的胸襟懷抱，拋開鬱憂的心情。

又如在〈永州龍興寺西軒記〉中，柳宗元記述，龍興寺是他被貶至永州，最先居住的地方，因為，當他抵達永州之時，官署裡並無居屋可供居住，他只得借住在龍興寺西序的房舍之中，可見其處境的艱辛。同時，他所居住的房舍門戶向北，屋內十分昏暗，他想到，龍興寺地處甚高，西廂房的西面，正當大江流經此處，大江旁邊，山林密佈。因此，他商之於龍興寺的住持僧重巽，允許他在居房的西牆之上，開鑿一面門戶，門戶外設有扶欄，欄外居高臨下，可見樹羣的枝梢布滿門前，室內光線也由之十分充足，視野遂十分遼闊。柳宗元住在原居的房中，坐在原坐的席几旁邊，一切沒有改變，只是由於在西牆上開鑿了一扇門戶，而使得自己的眼界大為改觀。因此，他在文中說道：

⓫ 同注❷，頁四六三。

> 夫室，向者之室也，席與几，向者之處也，向也昧而今也顯，豈異物耶？因悟夫佛之道，可以轉惑見為真智，即羣迷為正覺，舍大暗為光明。夫性豈異物耶？孰能為余鑿大昏之墉、闢靈照之戶、廣應物之軒者，吾將與為徒。⑫

在上面的文字中，柳宗元一方面稱許佛教的道理，可以轉移惑見為大智大慧，將人間的迷離之言，轉變為正等正覺，將黑暗的人間，轉變為永恆的光輝。另一方面，柳宗元又根據自己開闢墉戶軒的經驗，希望有人能為他開鑿心靈上的墉戶軒，盼求為自己開拓精神上的新領域。

又如在〈永州龍興寺修淨土院記〉中，柳宗元敘述二十多年前，在龍興寺的東邊，曾由永州的刺史李承晊及僧人法林，建築了淨土堂，以供僧家及信徒清修之用，但是二十多年過去，淨土堂已毀壞破舊，堂內的圖像，也都崩墜於地。及至重巽上人前來住持，才重新整理，恢復舊觀。在此文之中，柳宗元在文前說道：

> 中州之西數萬里，有國曰身毒，釋迦牟尼如來示現之地。彼佛言曰，西方過十萬億佛土，有世界曰極樂，佛號無量壽如來。其國無有三惡八難，眾寶以為飾，其人無有十

纏九惱，羣聖以為友，有能誠心大願歸心是土者，苟念力具足，則往生彼國，然後出三界之外，其於佛道無退轉者，其言無所欺也。晉時盧山遠法師，作〈念佛三昧詠〉，大勸于時，其後天臺顗大師，著〈釋淨土十疑論〉，弘宣其教，周密微妙，迷者咸賴焉。⓭

在此文中，柳宗元不但敘述了印度佛教釋迦牟尼教化眾生的情況，並且敘述了中土佛教大師如慧遠與智顗的傳法情形。文中提到了「三惡」（地獄、餓鬼、畜生），「八難」（見佛聞法之八種障礙）、「九惱」（釋迦在現世所遭受之九種災難）、「十纏」（困擾人們身心之十種煩惱）等佛學用語。既可見柳宗元對於佛教之理解程度，也可見柳宗元在宣揚佛法方面的努力，在該文之中，柳宗元又說道：

會巽上人，居其宇下，始復理焉，上人者，修最上乘，解第一義，無體空折色之跡，

⓬ 同注❷，頁四六四。
⓭ 同注❷，頁四六六。

> 而造乎真源，通假有借無之名，而入實相，境與智合，事與理並。故雖往生之因，亦相用不捨，誓葺茲宇，以開後學。[14]

在該文之末，則針對重巽上人的佛法造詣，能修習最殊勝的教法，最圓成的真理等，加以禮讚，並對重修淨土院的功德，加以頌揚。要之，在該文之中，柳宗元對佛教的尊崇與理解，可以說是作出了代表性的宣揚。

以上，是柳宗元在「亭池記」與「祠廟記」的作品中，闡釋佛理，宣揚佛教的一些例子。

㈤描繪山水

柳宗元擅長描繪山水，他的「永州八記」，尤其膾炙人口。在「亭池記」與「祠廟記」中，他對山水的描繪雖不甚多，仍然有著出色的抒寫。例如在〈桂州裴中丞作訾家洲亭記〉中記道：

> 伐惡木，刜奧草，前指後畫，心舒目行，忽然若飄浮上騰以臨雲氣，萬山面內，重江

> 東隘，聯嵐含輝，旋視具宜，常所未睹，倏然互見，以為飛舞奔走與游者偕來。⓯

對於砦家洲附近羣山環抱，兩條江流的相扼相制，山嵐江霧，絪縕含輝，似如騰浮於雲氣之上，這一段對於山勢的描寫，十分傳神。又如在〈邕州柳中丞作馬退山茅亭記〉中記道：

> 是山崒然起於莽蒼之中，馳奔雲矗，亘數十百里，尾蟠荒陬，首注大溪，諸山來朝，勢若星拱，蒼翠詭狀，綺綰繡錯。

又記道：

> 每風止雨收，煙霞澄鮮，輒角巾鹿裘，率昆弟友生冠者五六人，步山椒而登焉。於是

⓮ 同注⓭。

⓯ 同注❷，頁四五一。

> 手揮絲桐，目送還雲，西山爽氣，在我襟袖，以極萬類，攬不盈掌。⑯

此文描寫山勢的雄偉，綿延的亘長，以及登山遠眺，萬物盡收眼底的情況，與「永州八記」中〈始得西山宴遊記〉所記述的「攀援而登，箕踞而遨，則凡數州之土壤，皆在衽席之下，其高下之勢，岈然洼然，若垤若穴，尺寸千里，攢蹙累積，莫得隱遁，縈青繚白，外與天際，四望如一。」⑰一段對高山景物的描述，確也各有千秋，各極其勝。

又如〈潭洲楊中丞作東池戴氏堂記〉記述道：

> 因東泉為池，環之九里，丘陵林麓距其涯，坻島渚洲交其中，其岸之突而出者，水縈之若玦焉，……望之若連艫縻艦，與波上下，就之，顛倒萬物，遼廓眇忽，樹之松柏杉櫧，被之菱芡芙蕖，鬱然而陰，粲然而榮。⑱

這一段對於池畔水中倒影的描繪，與「永州八記」中〈鈷鉧潭記〉所記述的「流沫成輪，然後徐行，其清而平者，且十畝，有樹環焉，有泉懸焉」⑲，以及〈至小丘西小石潭記〉，所記述的「潭中魚可百許頭，皆若空游無所依，日光下澈，影布石上，佁然不動，俶爾遠逝，往來翕忽，似與遊者相樂」⑳的景像描繪，似也各具特色，難分上下。

又如〈永州韋使君新堂記〉記述道：

> 怪石森然，周于四隅，或列或跪，或立或仆，竅穴逶邃，堆阜突怒。㉑

此文敘述永州刺史韋彪在整修導引，使得永州近郊的山勢奇異，清泉延流，各種奇岩怪石，列布各處，呈現出像動物一般或行或跪，或立或臥的姿態，或者有如洞穴的深邃，或者有如野獸的發怒。又如在〈永州崔中丞萬石亭記〉中記述道：

---

⑯ 同注❷，頁四五三，後世學者或疑此文非柳宗元所作，或據《文苑英華》，定此文為獨孤及之作品，此則暫從其舊。

⑰ 同注❷，頁四七〇。

⑱ 同注❷，頁四五〇。

⑲ 同注❷，頁四七一。

⑳ 同注❷，頁四七二。

㉑ 同注❷，頁四五四。

閒日登城北墉，臨于荒野叢翳之隙，見怪石特出，度其下必有殊勝，步自西門，以求其墟。伐竹披奧，欹側以入，緜谷跨谿，皆大石林立，渙若奔雲，錯若置碁，怒者虎鬥，企者鳥厲。抉其穴，則鼻口相呀，搜其根，則蹄股交峙，環行卒愕，疑若搏噬。㉒

此文敘述永州刺史崔能，整治永州城北的景物，發現許多極為怪特的岩石，遍布林立，像是各種猛禽怪獸的形狀動作，描寫得十分生動傳神。這與「永州八記」中〈鈷鉧潭西小丘記〉所描寫的「其石之突怒偃蹇，負土而出，爭為奇狀者，殆不可數。其嶔然相累而下者，若牛馬之飲於溪，其衝然角列而上者，若熊羆之登于山」㉓，以及〈石澗記〉中所記述的「其水之大，倍石渠三之一，亘石為底，達于兩涯，若床若堂，若陳筵席，若限閫奧，水平布其上，流若織文，響若操琴。」㉔對於岩石的描寫，似也各極其妙。

以上，是柳宗元在「亭池記」與「祠廟記」中，對於山水景物所作描寫的一些例子。

三、結語

「永州八記」描繪山水，是柳宗元最為世人所稱道的作品。但是，描繪山水在「亭池記」與「祠廟記」中，也有不少的成分，像前文所敘述的，柳宗元對於「山」、「水」、「石」等方面的描繪，其成就似也不在「永州八記」寫山寫水和寫石的成就之下。當然，「永州八記」以記述山水景物為目的，除了寫山寫水寫石之外，還有不少對於花、草、樹、木、鳥、獸、游魚、風濤的描寫，卻都是在「亭池記」與「祠廟記」中少見的成分。但是，在「寄寓教化」、「闡釋政道」、「祛除迷信」、「宣揚佛理」等方面，卻也同樣是「永州八記」中少見的成分。

本文之作，並無意想要以「亭池記」與「祠廟記」，取代「山水記」在世人心目中的地位，取代「永州八記」在散文史上的價值，而只是想要提醒讀者，在散文的寫作中，柳宗元各體皆備，「永州八記」固然值得世人珍愛，但是，體材較為接近的作品，像「亭池記」和「祠廟記」中的散文，同樣也是值得人們去誦讀和研究的佳作。

㉒ 同注❷，頁四五五。

㉓ 同注❷，頁四七二。

㉔ 同注❷，頁四七五。

玖、從《古文辭類纂》探索韓柳作品對後世之影響

一、引言

姚鼐（西元一七三一至一八一五年），字姬傳，人稱惜抱先生，安徽桐城人，生於清雍正九年，卒於嘉慶二十年，享年八十四歲。

姚鼐是清代古文桐城派的集大成者，他所輯錄的《古文辭類纂》，極能反映古文發展演進的歷史軌跡，是中國散文史上，最為重要的總集選本，與《昭明文選》在駢文史上的地位，可以相提並論。

《古文辭類纂》選錄戰國至清代古文辭賦的作品。初稿成於乾隆四十四年（西元一七七九年），後經刪改修訂，直至姚氏臨終，方將定稿交付其幼子姚雉。姚氏一生的論文宗旨與作

文門徑，於此書中皆有所顯現。

《古文辭類纂》分為論辨、序跋、奏議、書說、贈序、詔令、傳狀、碑誌、雜記、箴銘、頌贊、辭賦、哀祭共十三類，所選古文作品，以唐宋八大家為主，而上溯於戰國秦漢，再下探明清歸有光、方苞、劉大櫆等三人，體現了古文的傳統，也為古文讀者提供了習作的範本。

《古文辭類纂》的版本有三個系統：

嘉慶末年，姚鼐弟子康紹鏞刻於廣東者，為七十四卷，世稱「康本」，此本最為通行。中華書局、世界書局，皆有排印本。

道光五年（西元一八二五年），吳啟昌刻於江寧者，為七十五卷，世稱「吳本」。

光緒二十七年（西元一九〇一年），李承淵所刻者，曾參校康、吳二本，為七十五卷，世稱「求是堂本」，中華書局《四部備要》本姚書，即據此本校刊。

本文之作，主要的目的，即根據世界書局排印的徐樹錚輯評本《古文辭類纂》，❶分析書中所選韓愈與柳宗元之作品，以見韓柳作品在姚書中所佔之比重，並探索韓柳作品，對後世古文發展所產生的影響。

二、綜論

清代古文桐城派的建立，是由戴名世為其先導，由方苞作為首創，由劉大櫆加以拓展，而由姚鼐集其大成。

戴名世討論古文，以為「道、法、辭」三者，為作文之要素，以「精、氣、神」為文學創作的觀點。方苞討論古文，以「義法」說為創作的基礎，「義」指言之有物，「法」指言之有序，而以「義法」力求創作雅潔的文風。劉大櫆討論古文創作，提出「貴變」的主張，以為「文者，變之謂也，一集之中篇篇變，一篇之中段段變，一段之中句句變」，❷體會了創造求新的主張。

姚鼐討論學術，提出了義理、考證、文章三者不可偏廢的主張，他在〈述庵文鈔序〉中說道：「余嘗論學問之事，有三端焉，曰，義理也，考證也，文章也。」❸從而提升了文章在傳統學術中的地位。另外，在文學理論上，他更提出了陰柔陽剛之說，他在〈復魯絜非

❶ 姚鼐：《古文辭類纂》，臺北，世界書局，民國五十四年。下引並同。

❷ 劉大櫆：《論文偶記》。

❸ 姚鼐：《惜抱軒全集》卷四，頁四六，臺北，世界書局，民國四十九年。

書〉中說道：「鼐聞天地之道，陰陽剛柔而已，文者，天地之精英，而陰陽剛柔之發也。」[4]同時，他在《古文辭類纂．序目》中提出了八項論文的要訣，他說：「凡文之體類十三，而所以為文者八，曰，神、理、氣、味、格、律、聲、色。神、理、氣、味者，文之精也，格、律、聲、色者，文之粗也。然苟捨其粗，則精者亦胡以寓焉？」因此，《古文辭類纂》可以說是姚鼐依據自己的文學理論，而選輯出來的古文實踐總集，我們正可以對他的理論與實踐，進行一些比對和分析的工作。

以下，即先就《古文辭類纂》一書，進行綜合性之分析與討論：

㈠古文作者分析

姚書所選古文之作者，其時代在唐代以前者，計有戰國策、屈原、宋玉、景差、秦始皇、漢高帝、漢文帝、漢景帝、漢武帝、漢昭帝、漢宣帝、漢元帝、漢光武帝、李斯、賈誼、司馬談、董仲舒、司馬遷、賈山、鼂錯、司馬相如、劉安、劉向、嚴安、班固、主父偃、鄒陽、枚乘、庶子王生、吾丘壽王、東方朔、路溫舒、魏相、趙充國、蕭望之、淮南小山、傅毅、張衡、楊惲、揚雄、崔瑗、侯應、袁宏、張載（夢陽）、賈捐之、匡衡、谷永、耿育、賈讓、劉歆、諸葛亮、王延壽、王粲、張華、潘岳、劉伶、陶潛、鮑照等共五十八

人。❺

其在唐宋時代者，計有韓愈、柳宗元、李翱、元結、歐陽修、王安石、曾鞏、蘇洵、蘇軾、蘇轍、張載（子厚）、晁補之等十二人。

其在明清時代者，計有歸有光、方苞、劉大櫆等三人。

總計姚鼐《古文辭類纂》一書，其中輯有作品之作者，共有七十三人。以中國時代之久遠，文學作者之繁多，則此七十三人，在姚氏心中，自當有其代表性與重要性。

㈡古文篇目分析

姚書十三類古文，其所輯錄之作品，計有論辨類六十四篇，序跋類五十七篇，奏議類八十三篇，書說類八十五篇，贈序類五十三篇，詔令類三十六篇，傳狀類十八篇，碑誌類一〇八篇，雜記類七十六篇，箴銘類九篇，頌贊類六篇，辭賦類六十五篇，哀祭類四十八篇，總計共有七〇八篇作品。

❹ 同注❸，卷六，頁七一。

❺ 姚鼐：《古文辭類纂》中，選錄《戰國策》篇章甚多，《戰國策》已不知何人所作，由漢代劉向整理而成，今以作者統計，則姑以《戰國策》當一人計算。

在姚書所選錄的七〇八篇作品中，屬於唐宋以前的作品，計有二三九篇，屬於唐宋時代的作品，計有四六九篇（其中屬於唐宋八大家的作品，計有四一〇篇），屬於明清時代的作品，計有五十九篇。

在姚書所選輯的七〇八篇作品中，唐宋八大家的作品，即佔了四一〇篇，在全書的比率上，超過了百分之六十六以上，可以見出，姚鼐選輯《古文辭類纂》，是以唐宋八大家的作品為基幹，然後上溯戰國秦漢，而下探於明清時代，所以，方東樹在〈答葉溥求論古文書〉中說：「往者姚姬傳先生纂輯古文辭，八家後於明錄歸熙甫，於國朝錄望溪、海峰，以為古文傳統在於是也。」❻正說明了姚氏重視唐宋八大家的理由。

另外，在姚書所選錄的唐宋八大家作品中，我們還可以再作一些分析，則可以瞭解到，在四一〇篇八大家的作品中，韓愈的作品，計有一三一篇，歐陽修的作品，計有六十五篇，王安石的作品，計有六十篇，蘇軾的作品，計有五十篇，柳宗元的作品，計有三十六篇，曾鞏的作品，計有二十七篇，蘇洵的作品，計有二十四篇，蘇轍的作品，計有十七篇，則唐宋八大家在姚鼐心目中的比重，也自然可以呈現。

在姚書所選錄的唐宋八大家作品中，唐代韓柳二人的作品，共計有一六七篇，而宋代六位作者的作品，則共有二四三篇，韓柳二人的作品，佔了唐宋八大家作品的百分之三十六以上。而韓愈一人的一三一篇作品，則佔了唐宋八大家作品的百分之三十二以上，不僅在所選唐宋八大家的作品中，為數最多，在《古文辭類纂》全書所選錄的作者中，其作品的數量，也位居第一。

以上，是對於《古文辭類纂》中有關作品時代，以及唐宋八大家作品的數量，所作的一些分析，並分別為兩項統計表，附列於本文之末，以供參稽。

三、分論

在上節「綜論」中，我們從《古文辭類纂》中所選文章的作者與篇目，作了一些外部的考察分析，在此節「分論」中，我們則嘗試進行一些較為內部的考察，從姚書的十三類作品中，去分析其選文的準則，以及韓柳二人的作品，被選入姚書中所顯示的現象。

㈠論辨類分析

---

❻ 方東樹：《儀衛軒詩文集》。

姚鼐《古文辭類纂・序目》說：

> 論辨類者，蓋原於古之諸子，各以所學，著書詔後世，孔孟之道，與文至矣。自老莊以降，道有是非，文有工拙，今悉以子家不錄，錄自賈生始。蓋退之著論，取於六經《孟子》，子厚取於韓非、賈生，明允雜以蘇張之流，子瞻兼及於《莊子》，學之至善者神合焉，善而不至者貌存焉，惜乎子厚之才，可以為其至，而不及至者，年為之也。

先秦諸子，各以其道，爭鳴於春秋戰國之世，故姚氏以為論辨之文，源出於古之諸子，但諸子立言，以明道為本，不以文之工拙為計，所以，姚氏之書，則凡「子家不錄」，論辨之類，輯錄文章五十八篇，從賈誼〈過秦論〉、司馬談〈論六家要旨〉開始甄選，而以唐宋八大家之作品為主幹，計選錄韓愈〈原道〉以下之作品十三篇，柳宗元〈封建論〉等三篇，歐陽修〈本論〉等四篇，曾鞏〈唐論〉一篇，蘇洵〈易論〉等十五篇，蘇軾〈志林〉等十五篇，蘇轍〈商論〉等五篇，王安石〈原過〉等二篇，劉大櫆〈息爭〉一篇，共計五十八篇。在此五十八篇論辨文中，可以見出，三蘇父子擅於持論，近於蘇秦、張儀縱橫家之論說，故所選入之作品也較多。至於唐代二人，韓愈選入十三篇作品，〈原道〉、〈原性〉、〈原毀〉、〈諱辯〉、〈對禹問〉、〈獲麟解〉、〈師說〉、〈雜說〉、〈伯夷頌〉等名篇既已在列，而稍不知名之〈改葬服議〉、〈爭臣論〉、〈守戒〉，也一併選入，雖無可議之處，而柳宗元僅選入〈封建論〉、〈桐葉封弟辨〉、〈晉文公問守原議〉三篇，則未免過少，柳氏作品，如〈四維論〉、〈天爵論〉、〈辯侵伐論〉、〈六逆論〉等，未能選入，則不無遺珠之憾。姚氏在《古文辭類纂‧序目》中說道：「退之著論，取於六經《孟子》，子厚有取於韓非、賈生。」又說：「學之至善者神合焉，善而不至者貌存焉，惜乎子厚之才，可以為其至，而不及至者，年為之也。」柳宗元卒年僅四十七歲，在姚書中的作品，甄錄不及韓愈之多，「年為之也」，不僅在論辨類中如此，在其他類中，也應是同樣的原因。

(二)序跋類分析

姚鼐《古文辭類纂‧序目》說：

> 序跋類者，昔前聖作《易》，孔子作〈繫辭〉、〈說卦〉、〈文言〉、〈雜卦〉之傳，以推論本原，廣大其義，《詩》、《書》皆有序，而《儀禮》篇後有記，皆儒者

所為，其餘諸子，或自序其意，或弟子作之，《莊子》〈天下〉篇，《荀子》末篇，皆是也。余撰次古文辭，不載史傳，以不可勝錄也，惟太史公歐陽永叔，表志序論數首，序之最工者也。向歆校書各有序，世不盡傳，或真或偽，今存子政〈戰國策序〉一篇，著其概，其後目錄之序，子固獨優。

古代典籍，多有序跋，或敘其書要旨，或述學術源流，劉向、劉歆，校書中秘，每一書成，輒撰為敘錄一篇，以備進呈天子，於序跋史上，實居於承先啟後之地位，姚書序跋類，收錄古文四十三篇，於漢代選錄司馬遷〈十二諸侯年表序〉、劉向〈戰國策序〉、班固〈記秦始皇本紀後〉等六篇，於唐宋時代，選錄韓愈〈讀禮儀〉等六篇、柳宗元〈論語辯〉等七篇、歐陽修〈唐書藝文志序〉等十篇、曾鞏〈戰國策目錄序〉等八篇、蘇洵〈族譜引〉等二篇、蘇轍〈元祐會計錄序〉等二篇、王安石〈周禮義序〉等八篇，明清時代，選錄歸有光、方苞、劉大櫆三人作品凡五篇，總計序跋類收錄古文四十三篇，以歐曾王三人作品較多者，主要由於歐王之作，近於司馬遷，曾鞏所作，最肖劉向，故姚氏也說：「其後目錄之序，子固獨優」。至於韓柳二人所作，如韓愈〈讀荀子〉、〈張中丞傳後敘〉；柳宗元〈辯列子〉、〈辯文子〉、〈辯鬼谷子〉、〈辯晏子春秋〉、〈辯鶡冠子〉等，則皆與劉向敘錄辨章學術之意相近，而開拓考辨諸子真偽之途轍，影響於後世辨偽之學者，甚為鉅大。

㈢奏議類分析

姚鼐《古文辭類纂・序目》說：

> 奏議類者，蓋唐虞三代聖賢陳說其君之辭，《尚書》具之矣。周衰，列國臣子為國謀者，誼忠而辭美，皆本謨誥之遺，學者多誦之。其載《春秋》內外傳者，不錄，錄自戰國以下。漢以來有表、奏、疏、議、上書、封事之異名，其實一類，惟對策雖亦臣下告君之辭，而其體少別，故置之下編，兩蘇應制舉時所進時務策，又以附對策之後。

奏議之文，為古代大臣上稟君王之辭，姚氏選錄戰國以下作品，如李斯〈諫逐客書〉、賈山〈至言〉、鼂錯〈論貴粟疏〉、司馬相如〈諫獵書〉、魏相〈諫伐匈奴書〉、董仲舒〈賢良策對〉、趙充國〈上屯田奏〉、賈捐之〈罷珠崖對〉、賈讓〈治河議〉、諸葛亮〈出師表〉等，多關係於國家軍政邊防民生之大事，故為姚氏所選錄者也較多，計有五十二篇。至於唐宋時代之作品，則選錄有三十一篇，其中選錄韓愈〈論佛骨表〉，〈禘祫議〉、〈復讐議〉、〈潮州刺史謝上表〉計四篇，柳宗元則僅有〈駁復讐議〉一篇，數量雖嫌過少，但就韓柳二人集中考察，表奏之類作品雖不在少，而多數關係於帝王卿相大臣個人進退事跡，如韓愈〈為韋相公讓官表〉、〈賀皇帝即位表〉，柳宗元〈禮部賀冊尊號表〉、〈柳州謝上表〉之類，此與所選漢人奏議之事件，大小有殊，輕重有別，故韓柳二人此類作品，姚氏所選不多。

(四)書說類分析

姚鼐《古文辭類纂・序目》說：

> 書說類者，昔周公之告召公，有〈君奭〉之篇，春秋之世，列國士大夫，或面相告語，或為書相遺，其義一也，戰國說士說其時主，當委質為臣，則入之奏議，其已去國，或說異國之君，則入此編。

書說類一共選錄了八十五篇作品，其中選自戰國游說之士的作品，計有三十八篇，基本上，都是已經離去本國之士，諫說本國或異國國君大臣的言辭，如〈趙良說商君〉、〈蘇代止孟嘗君入秦〉、〈張儀說楚懷王〉、〈樂毅報燕惠王書〉之類，另外，選自漢代的作品，則有鄒陽〈諫吳王書〉、司馬遷〈報任安書〉、楊惲〈報孫會宗書〉、劉歆〈移讓太常博士書〉等八篇。其餘三十九篇，為唐宋八大家之作品，其中韓愈作品入選者佔二十四篇，如〈答李翊書〉、〈與馮宿論文書〉、〈答孟東野書〉、〈答劉秀才論史書〉等名篇，皆在其中。而柳宗元入選之作品，則僅有〈與許京兆孟容書〉、〈與李翰林建書〉等四篇，柳氏名篇如〈與韓愈論史官書〉、〈答韋中立論師道書〉等，皆不在入選之中，不免令人惋惜。至於宋代歐、曾、蘇、王等六家之作品，則僅選入十一篇而已。

(五)贈序類分析

姚鼐《古文辭類纂・序目》說：

> 贈序類者，老子曰：「君子贈人以言」。顏淵子路之相違，則以言相贈處，梁王觴諸侯於范臺，魯君擇言而進，所以致敬愛陳忠告之誼也。唐初贈人，始以序名，作者亦眾，至於昌黎，乃得古人之意，其文冠絕前後作者。蘇明允之考名序，故蘇氏諱序，

或曰引，或曰說，今悉依其體，編之於此。

贈序之體，由「書序」發展而成，書序的作品，起源甚早，像《莊子》的〈天下篇〉、《史記》的〈太史公自序〉，都是書序的性質，等到許慎的〈說文解字敘〉，則已是正式的書序。魏晉以下，文人學士，雅集宴遊，吟詩作賦，以文章記述其事，也稱之為序，如王羲之的〈蘭亭集序〉、王勃的〈滕王閣序〉，都是膾炙人口的傑出作品，其性質已不同於書序。初唐文壇，親朋好友，在離別之際，往往贈以叮嚀之言，遂成為「贈序」之文體，此種文體，到了韓愈和柳宗元，才真正地興盛起來。

姚氏書中，選輯贈序之文，計八十五篇，其中韓愈的作品，已佔二十三篇，而歐、曾、蘇、王等人的作品，計有十五篇，歸有光、方苞、劉大櫆的作品，計有十五篇。韓愈贈序體的作品，在《韓昌黎集》中，共有三十六篇，姚書選錄了二十三篇，其中名篇如〈送董邵南序〉、〈送孟東野序〉、〈送楊少尹序〉、〈送李愿歸盤谷序〉、〈送石處士序〉、〈送溫處士赴河陽軍序〉等，皆在入選之中。

林紓《韓柳文研究法》中曾經說道：「昌黎集中銘誌最多，而贈送序次之，無篇不道及身世之感，然匪有同者。」又說：「贈送序是昌黎絕技，歐王二家，王得其骨，歐得其神，歸震川亦可謂能變化矣，然安能如昌黎之飛行絕跡邪！」❼則姚鼐書中，所選韓愈贈序之文較多，自屬得當，所可怪者，柳宗元與韓愈齊名，其贈序之作，在《柳河東集》❽中，計有五十三篇之多，例如在〈送薛存義之任序〉中顯現的民本觀念，在〈送元十八山人南遊序〉中所表示的包容思想，在〈送僧浩初序〉中，認為浮圖與《易》及《論語》相合，都是不可多得的贈序名篇，而姚書對於柳宗元的贈序作品，並未選錄一篇，對比之下，則不免令人感到詫異。

㈥詔令類分析

姚鼐《古文辭類纂‧序目》說：

> 詔令類者，原於《尚書》之誓誥。周之衰也，文誥猶存，昭王制，肅強侯，所以悅人心而勝於三軍之眾，猶有賴焉。秦最無道，而辭則偉。漢至文景，意與辭俱美矣，後

❼ 林紓：《韓柳文研究法》，臺北，廣文書局，民國五十三年。

❽ 柳宗元：《柳宗元集》，臺北，漢京文化事業公司，民國七十一年。下引並同。

世無以逮之，光武以降，人主雖有善意，而辭氣何其衰薄也，檄令皆諭下之辭，韓退之〈鱷魚文〉，檄令類也，故悉附之。

姚書詔令類選錄作品計三十六篇，如秦始皇〈初并天下議帝號令〉、漢高帝〈入關告諭〉、漢文帝元年〈賜南粵王趙佗書〉之類，皆帝王諭告臣民百姓或異國君王之辭，其作者，自秦始皇、漢高帝、漢文帝、漢景帝、漢武帝、漢昭帝、漢宣帝、漢元帝等九人，皆屬天子，唯司馬相如〈諭巴蜀檄〉、韓愈〈祭鱷魚文〉，作者雖非帝王身分，而作品內容，仍屬諭下之意。

(七)傳狀類分析

姚鼐《古文辭類纂·序目》說：

傳狀類者，雖原於史氏，而義不同，劉先生云：「古之為達官名人傳者，史官職之，文士作傳，凡為圬者種樹之流而已，其人既稍顯，即不當為之傳，為之行狀，上史氏而已。」余謂先生之言是也，雖然，古之國史立傳，不甚拘品味，所紀事猶詳，又

《實錄》書人臣卒，必撮序其平生賢否，今《實錄》不紀臣下之事，史館凡仕非賜謚及死事者，不得為傳。乾隆四十年，定一品官乃賜謚，然則史之傳者，亦無幾矣，余錄古傳狀之文，並紀茲義，使後之文士得擇之，昌黎〈毛穎傳〉，嬉戲之文，其體傳也，故亦附焉。

姚氏論傳記及行狀之撰寫，古今標準，各有不同，故姚書於傳狀類中，先作說明，然後選錄作品十八篇，以供世人參酌，所選作品，有韓愈〈贈太傅董公行狀〉、〈圬者王承福傳〉、柳宗元〈種樹郭橐駝傳〉、蘇軾〈方山子傳〉、王安石〈兵部員外郎知制誥謝公行狀〉，計五篇。其他則選錄歸有光、方苞、劉大櫆之作品，共十二篇，而以韓愈〈毛穎傳〉附列最後，以該文為作者意在諷喻嬉戲，而且以傳為名，故附列於其類之末，以見傳狀體例之變化。

(八)碑誌類分析

姚鼐《古文辭類纂・序目》說：

> 碑誌類者，其體本於《詩》，歌頌功德，其用施於金石。周之時有石鼓刻文，秦刻石於巡狩所經過，漢人作碑文，又加以序，序之體，蓋秦刻琅邪具之矣。茅順甫譏韓文公碑序異史遷，此非知言，金石之文，自與史家異體，如文公作文，豈必以效司馬氏為之耶？誌者識也，或立石墓上，或埋之壙中，古人皆曰誌，為之銘者，所以識之之辭也。然恐人觀之不詳，故又為序，世或以石立墓上，曰碑，曰表，埋乃曰誌，及分誌銘二之，獨呼前序曰誌者，皆失其義，蓋自歐陽公不能辨矣，墓誌文錄者尤多，今別為下編。

姚書於碑誌類選錄最多，乃分上下兩編，上編為紀功碑與神廟碑，凡十六篇；下編為墓誌銘，凡九十二篇，共計一〇八篇。上編選錄秦刻石六篇、班固〈封燕然山銘〉、元結〈大唐中興頌〉，以及韓愈作品七篇，另蘇軾〈表忠觀碑〉。《韓昌黎集》❾中紀功碑與神廟碑，不足十篇，姚氏選錄七篇，名作如〈平淮西碑〉、〈處州孔子廟碑〉、〈南海神廟碑〉、〈衢州徐偃王廟碑〉、〈柳州羅池廟碑〉、〈袁氏先廟碑〉、〈烏氏廟碑〉，皆在其內。下編選錄韓愈〈曹成王碑〉、〈殿中少監馬君墓誌銘〉、〈柳子厚墓誌銘〉、〈南陽樊紹述墓誌銘〉等二十六篇，又選錄柳宗元〈故襄陽丞趙君墓誌銘〉一篇，選錄歐陽修〈瀧岡阡表〉、〈梅聖俞墓誌銘〉等二十八篇，王安石〈廣西轉運使孫君墓碑〉、〈王深甫墓誌銘〉等二十七篇，另外，則選錄歸有光、方苞、劉大櫆三人所作墓誌銘凡十篇，總計下編凡九十二篇。而韓愈、歐陽修、王安石三人所作，皆超過二十篇，則唐宋八大家中，擅於撰寫墓誌銘者，已自然呈現，而上下兩編合計，則韓愈一人，已被選錄作品三十三篇，為數最多，所可怪者，《柳宗元集》中，碑誌類之作品，約七十篇，如〈箕子碑〉、〈南霽雲睢陽廟碑〉、〈文通先生陸給事墓表〉，俱屬佳作，而姚書僅選入〈故襄陽丞趙君墓誌銘〉一篇，未免令人費解。

(九)雜記類分析

姚鼐《古文辭類纂・序目》說：

> 雜記類者，亦碑文之屬，碑主於稱頌功德，記則所紀大小事殊，取義各異，故有作序與銘詩全用碑文體者，又有為紀事而不以刻石者，柳子厚紀事小文，或謂之序，然實

---

❾ 韓愈：《韓昌黎集》，臺北，河洛圖書出版社，民國六十四年。下引並同。

記之類也。

姚書雜記類選錄作品七十六篇，其中韓愈選入八篇，計為〈鄆州谿堂詩並序〉、〈藍田縣丞廳壁記〉、〈畫記〉、〈新修滕王閣記〉、〈燕喜亭記〉、〈河南府同官記〉、〈汴州東西水門記〉、〈題李生壁〉。柳宗元選入十八篇，計為〈遊黃溪記〉、〈永州萬石亭記〉、〈始得西山宴遊記〉、〈鈷鉧潭記〉、〈鈷鉧潭西小邱記〉、〈至小邱西小石潭記〉、〈袁家渴記〉、〈石渠記〉、〈石澗記〉、〈小石城山記〉、〈柳州東亭記〉、〈柳州山水近治可遊者記〉、〈零陵郡復乳穴記〉、〈零陵三亭記〉、〈館驛使壁記〉、〈陪永州崔使君遊讌南池序〉、〈序飲〉、〈序棊〉，柳宗元擅長抒寫山水景物，姚書所選十八篇作品，不僅「永州八記」，全部選入，另外且選入類似作品十篇，在姚書雜記類中，個人作品，為數最多。

姚書雜記類，於宋代作者，歐陽修選入〈豐樂亭記〉、〈峴山亭記〉等十二篇，曾鞏選入〈宜黃縣學記〉、〈墨池記〉等十一篇，蘇洵選入〈木假山記〉等二篇，蘇軾選入〈石鐘山記〉等五篇，蘇轍選入〈武昌九曲亭記〉等二篇，王安石選入〈遊褒禪山記〉等三篇，晁補之選入〈新城遊北山記〉一篇，其餘明清作者，歸有光選入〈項脊軒記〉等八篇，劉大櫆選入〈浮山記〉等三篇。總計姚書雜記體選錄作品七十六篇，而以柳宗元所記山水遊記等十八篇，為數最多，《柳宗元集》中古文作品約四百多篇，《韓昌黎集》中古文作品約二百多篇，姚書選錄韓愈作品達一三一篇，柳宗元作品僅三十六篇，而雜記類中，柳宗元選入之作品，達十八篇，獨佔鰲頭，柳宗元也以山水遊記之作，影響於後世，最為鉅大。

㈩箴銘類分析

姚鼐《古文辭類纂・序目》說：

> 箴銘類者，三代以來有其體矣，聖賢所以自戒警之義，其辭尤質，而意尤深，若張子〈西銘〉，豈獨其理之美，其文固未易幾也。

箴銘類文體，出於古聖先賢之惕勵自警，故其文辭，尤貴於簡潔質樸，不尚華采，姚書於箴銘類中，選錄揚雄〈州箴〉、〈酒箴〉、崔瑗〈座右銘〉、張華〈劍閣銘〉、韓愈〈五箴〉、李翺〈行己箴〉、張載（子厚）〈西銘〉、蘇軾〈徐州蓮華漏銘〉、〈九成臺銘〉，作品凡九篇。姚書於〈序目〉之中，盛稱張載〈西銘〉，文理俱美，故姚氏之書，所選古文，唐宋時代，雖以八大家為主幹，而八大家之外，則選有元結、李翺、張載、晁補之四人之作品六篇，不為無因。

㈩頌贊類分析

姚鼐《古文辭類纂・序目》說：

頌贊類者，亦施頌之流，而不必詩之金石者也。

姚書頌贊類選錄作品六篇，計有揚雄〈趙充國頌〉、袁宏〈三國名臣序贊〉、韓愈〈子產不毀鄉校頌〉、柳宗元〈伊尹五就桀贊〉、蘇軾〈韓幹畫馬贊〉、〈文與可飛白贊〉等。姚書頌贊之體，既立為一類，而所選錄者，僅有六篇，未免過少，即如韓愈〈伯夷頌〉一文，似也不應在失收之列。

㈫辭賦類分析

姚鼐《古文辭類纂・序目》說：

> 辭賦類者，風雅之變態也，楚人最工為之，蓋非獨屈子而已，余嘗謂〈漁父〉、〈楚人以弋說襄王〉、〈宋玉對王問遺行〉，皆設辭無事實，皆辭賦類耳，太史公及劉子政不辨，而以事載之，蓋非是。辭賦固當有韻，然古人亦有無韻者，以義在託諷，亦謂之賦耳。漢世校書，有〈辭賦略〉，其所列者甚當。昭明太子《文選》，分體碎雜，其立名多可笑者，後之編集者，或不知其陋而仍之，余今編辭賦，一以漢略為法，古文不取六朝人，惡其靡也，獨辭賦則晉宋人猶有古人韻格存焉，惟齊梁以下，則辭益俳而氣益卑，故不錄耳。

姚氏以辭賦為風雅之變態，楚人最工為之，故姚書辭賦類中，屈原、宋玉所作，選錄最多。姚氏謂《文選》一書，分體碎雜，則考《文選》分類，多至三十八類，自不如姚書十三類之簡潔明當，易於研習。

姚書辭賦類選錄作品凡六十五篇，屈原〈離騷〉以下，〈九章〉中〈惜誦〉、〈涉江〉、〈哀郢〉、〈抽思〉、〈懷沙〉、〈思美人〉、〈惜往日〉、〈橘頌〉、〈悲回風〉之九篇，及〈遠遊〉、〈卜居〉、〈漁父〉，以及宋玉〈九辯〉、〈招魂〉、〈風賦〉、〈高唐賦〉、〈神女賦〉、〈登徒子好色賦〉、〈對楚王問〉、景差〈大招〉，皆在選錄之列，共凡二十一篇。其餘，則選錄《戰國策》三篇，賈誼〈鵩鳥賦〉等二篇，枚乘〈七發〉、漢武帝〈秋風辭〉等二篇，淮南小山〈招隱士〉一篇，東方朔〈客難〉等二篇，司馬相如〈子虛賦〉、〈上林賦〉等七篇，揚雄〈甘泉賦〉、〈羽獵賦〉等七篇，班固〈兩都賦〉一篇，傅毅〈舞賦〉一篇，張衡〈思玄賦〉等二篇，王延壽〈魯靈光殿賦〉一篇，王粲〈登樓賦〉一篇，張華〈鷦鷯賦〉一篇，潘岳〈秋興賦〉等三篇，劉伶〈酒德頌〉一篇，陶潛〈歸去來辭〉一篇，鮑照〈蕪城賦〉一篇，共計為三十八篇。與前述屈原、宋玉等二十一篇計算，已達五十九篇，距辭賦類之總數，尚差六篇，姚氏則選錄韓愈〈訟風伯〉、〈進學解〉、〈送窮文〉、〈釋言〉，蘇軾〈前赤壁賦〉、〈後赤壁賦〉，故總計為六十五篇。

辭賦類作品，姚氏選錄屈原、宋玉，及漢人之大賦較多，唐宋八大家之作品，則僅選錄韓愈、蘇軾二人之作品六篇，份量未免過少，如柳宗元〈夢歸賦〉、〈囚山賦〉、歐陽修〈秋聲賦〉，以至如杜牧〈阿房宮賦〉等，未加選錄，則不免令人有遺珠之嘆。

㈢哀祭類分析

姚鼐《古文辭類纂・序目》說：

> 哀祭類者，《詩》有頌，《風》有〈黃鳥〉、〈二子乘舟〉，皆其原也。楚人之辭至工，後世惟退之、介甫而已。

姚書哀祭類選錄作品共四十八篇，其中屈原所作〈九歌〉中之〈東皇太一〉、〈雲中君〉、〈湘君〉、〈湘夫人〉、〈大司命〉、〈少司命〉、〈東君〉、〈河伯〉、〈山鬼〉九篇，另〈國殤〉、〈禮魂〉兩篇，共十一篇，皆屈原所作，所謂「楚人之辭至工」者也。另收錄賈誼〈弔屈原〉、漢武帝〈悼李夫人賦〉，皆屬唐宋以前之作品。至於唐宋時代之作品，姚書則選錄韓愈〈祭田橫墓文〉、〈潮州祭神文〉、〈祭河南張員外文〉、〈祭柳子厚文〉、〈祭侯主簿文〉、〈祭薛助教文〉、〈祭虞部張員外文〉、〈祭穆員外文〉、〈祭房君文〉、〈獨孤申叔哀辭〉、〈歐陽生哀辭〉等凡十一篇作品，另李翺〈祭吏部韓侍郎文〉一篇，歐陽修〈祭資政范公文〉等五篇，蘇軾〈祭歐陽文忠公文〉等二篇，蘇轍〈代三省祭司馬丞相文〉一篇，王安石〈祭范潁州文〉等十篇。至於明清時代之作品，姚書則選錄方苞〈宣左人哀辭〉等二篇，劉大櫆〈祭史秉中文〉等三篇。總計哀祭類中，則以選錄屈原、韓愈、王安石之作品較多，三人皆各自超過十篇，姚鼐所謂「楚人之辭至工」，「後世惟退之、介甫而已」，其言自可憑信，惟《柳宗元集》中，哀祭文約有三十篇，其中如〈祭呂衡州溫文〉、〈祭弟宗直文〉、〈祭楊憑詹事文〉，皆感情真摯，文辭動人，而竟並無一文得以選入姚書，亦覺費解。

以上，是分別針對《古文辭類纂》十三類文體中所選錄之作品，所作之分析。

四、結語

《舊唐書·文藝傳·序》說：「唐大曆貞元間，美才輩出，擩嚌道真，涵泳聖涯，於是韓愈倡之，柳宗元、李翺、皇甫湜等和之，排逐百家，法度森嚴，抵轢晉魏，上軋漢周，唐之文，完然為之一王法，此其極也。」❿敘說了唐代古文的興盛。歐陽修〈記舊本韓文後〉說：「予少家漢東，漢東僻陋無學者，吾家又貧無藏書，州南有大姓李氏者，其子彥輔頗好學，予為兒童時，多游其家，見其弊筐貯故書，在壁間，發而視之，得唐昌黎先生文集六卷，脫略顛倒無次第，因乞李氏以歸讀之，見其言深厚而雄博，然予猶少，未能究其義，徒見其浩然無涯若可愛。」又說：「後七年，舉進士，及第，官于洛陽，而尹師魯之徒皆在，遂相與作為古文，因出所藏《昌黎集》而補綴之，求人家所有舊本而校定之，其後天下學者，亦漸趨於古，而韓文遂行于世，至于今，蓋三十餘年矣，學者非韓不學也，可謂盛矣。」⓫則是敘述了韓愈古文，在宋代盛行的情形。

曾國藩〈聖哲畫像記〉說：「西漢文章，如子雲相如之雄偉，此天地遒勁之氣，得於陽與剛之美者也，此天地之義氣也。劉向匡衡之淵懿，此天地溫厚之氣，得於陰與柔之美者也，此天地之仁氣也。東漢以還，淹雅無慚於古，而風骨少隤矣。韓柳有作，盡取揚馬之雄奇萬變，而內之於薄物小篇之中，豈詭哉！歐陽氏、曾氏，皆法韓公，而體於匡、劉為近。」⓬曾氏又在〈湖南文徵序〉中說：「宋興既久，歐陽、曾、王之徒，崇奉韓公，以為不遷之宗。」⓭都是敘述北宋古文興盛，以及宋代古文大家學習韓愈、柳宗元作品的事實。曾氏在〈聖哲畫像記〉中，還將韓、柳、歐、曾四人，列入聖哲之中。曾氏又在〈送梅伯言歸金陵〉的詩中說：「文筆昌黎百世師，桐城諸老實宗之。」⓮則是敘述了清代桐城派與韓愈古文的關係。

⓾ 劉昫等：《舊唐書》，臺北，鼎文書局，民國八十年。

⓫ 歐陽修：《歐陽文忠公文集》卷七十三，《外集》卷二十三，臺北，中華書局《四部備要》本，民國七十一年。

⓬ 曾國藩：《曾文正公文集》卷二，臺北，中華書局《四部備要》本，民國七十一年。

⓭ 同注⓬，卷一。

⓮ 曾國藩：《曾文正公詩集》卷三，臺北，中華書局《四部備要》本，民國七十一年。

綜合前文所述，可得結語如下：

1. 姚鼐是桐城派的集大成者，他所輯選的《古文辭類纂》，是古文史上最具代表性的總集選本，不但可以印證他的古文理論，也可以彰顯出被選作品的重要性及影響力。

2. 《古文辭類纂》的作品選錄，是以唐宋八大家為基幹，再上溯戰國至秦漢魏晉，下開明清時代，形成一個古文的傳統，而姚氏本人，則是繼承此一古文傳統的代表人物。而唐宋八大家，以選入作品的分量而言，則對於後世古文的影響，也從而可以瞭解。

3. 《古文辭類纂》輯自姚鼐，所選錄的作品，自是代表姚氏對於古文流變之觀點，但是，姚書於唐宋八大家之外，也曾選入元結、李翺、晁補之、張載的作品，於晉代選入陶潛〈歸去來辭〉。然則，在雜記類中，如能選入陶潛〈桃花源記〉、范仲淹〈岳陽樓記〉。在辭賦類中，如能選入歐陽修〈秋聲賦〉、杜牧〈阿房宮賦〉（俾與賈誼〈過秦論〉對照比較），或許會更加理想。

4. 即就古文流變而言，則韓愈與柳宗元，其在唐代古文運動史上之地位，以及對後世古文發展之影響，均可自姚書選錄之文章及分量上，加以窺見。

5. 姚鼐古文，受學於劉大櫆，劉氏古文，得之於方苞，方苞古文義法，受明代歸有光之影響為多。姚氏之後，桐城弟子，則以方東樹、管同、姚瑩、梅曾亮等，最負時名。

及曾國藩出，自言「國藩之粗解文章，由姚先生啟之」（〈聖哲畫像記〉），又於姚氏所謂學問有「義理、考證、文章」三者之外，更益以「經世」一科，則桐城派之堂廡，由是更加盛大宏闊。自曾氏以下，舉凡古文家，如張裕釗、吳汝綸、黎庶昌、薛福成、嚴復、林紓、馬其昶、姚永樸、姚永概等等，⑮無人不受姚鼐之影響，無人不受《古文辭類纂》之影響，也無人不受唐宋八大家之影響，而韓柳二人之影響於後世者，也從而可以知曉。

6. 要了解古文演變的軌跡，了解唐宋八大家在古文史上的地位，了解韓愈柳宗元古文對後世的影響，可以從不同的途徑進行探索。本文之作，從古文選集最具代表性的《古文辭類纂》入手，進行統計與分析的工作，也只是嘗試性的探索方式之一，希望能從分析中去瞭解其中的一些訊息，從數字去印證其中的一些現象，作為參考的資料，是否有當，還請讀者多加指正。

---

⑮ 劉聲木：《桐城文學淵源考》，臺北，世界書局，民國六十三年。

表一 《古文辭類纂》所輯作品時代表

		戰國至魏晉	唐代	宋代	明清	總計
一	論辨	四	一七	四二	一	六四
二	序跋	九	一三	三〇	五	五七
三	奏議	五二	五	二六		八三
四	書說	四六	二八	一一		八五
五	贈序		二三	一五	一五	五三
六	詔令	三五	一			三六
七	傳狀		四	二	一二	一八
八	碑誌	七	三五	五六	一〇	一〇八
九	雜記		二七	三八	一一	七六
十	箴銘	四	二	三		九
十一	頌贊	二	二	二		六
十二	辭賦	五九	四	二		六五
十三	哀祭	一三	一二	一八	五	四八
		二三一	一七三	二四五	五九	七〇八

表二 《古文辭類纂》所輯唐宋八大家作品數量表

		韓愈	柳宗元	歐陽修	曾鞏	蘇洵	蘇軾	蘇轍	王安石	總計
一	論辨	一三	三	四	一	一五	一五	五	二	五八
二	序跋	六	七	一〇	八	二		二	八	四三
三	奏議	四	一	一	一		一七	四	三	三一
四	書說	二四	四	一	二	二	二	一	三	三九
五	贈序	二三		四	四	三	三		一	三八
六	詔令	一								一
七	傳狀	二	一				一		一	五
八	碑誌	三三	一	二八			一		二七	九〇
九	雜記	八	一八	一二	一一	二	五	二	五	六三
十	箴銘	一					二			三
十一	頌贊	一	一				二			四
十二	辭賦	四					二			六
十三	哀祭	一一		五			二	一	一〇	二九
		一三一	三六	六五	二七	二四	五二	一五	六〇	四一〇

拾、章士釗《柳文指要》中「揚柳抑韓論」平議

一、引言

章士釗（一八八一至一九七三）字行嚴，號孤桐，湖南長沙人，清光緒七年（一八八一）生，一九〇三年，與黃興等共組華興會，一九〇五年，東渡日本，學習英國語文，一九〇八年赴英國，入愛丁堡大學研究。民國成立，返國，一九一四年，發行「甲寅雜誌」，一九二四年，任司法總長，次年，兼教育總長，發行「甲寅週刊」，反對白話文，與魯迅筆戰。一九三四年，任上海法學院院長，一九四八年，當選立法委員。一九四九年後，曾任中共全國人民代表大會代表，著有《中等國文典》、《名家稽古》、《邏輯指要》等書。

章氏酷愛柳宗元古文，他在一九七一年，由中華書局出版《柳文指要》一書，該書以文

言文寫成，以十六開本仿宋體三號字排印，該書分為上下兩部，上部依柳集次第，逐篇加以說明，號曰「體要之部」，下部賅括千年來之評論，號曰「通要之部」。此書上下兩部，凡二千一百二十二頁，為近代關於柳文研究之一大鉅著。

但是，章氏書中，有一特殊現象，唐代古文大家，世人多以韓愈與柳宗元並稱，章氏討論柳氏之文，自然有時會涉及韓愈，但章氏討論柳文之際，卻時時稱揚柳宗元而貶抑韓愈，這種情形偶一為之，並不足怪，但是，如果在書中形成一股經常出現的現象，就不免令人感到詫異。

二、平議

章士釗《柳文指要》，在討論柳宗元的古文作品時，經常會舉出韓愈的相關作品，作為比對，在比對比較中，往往就會出現「揚柳」而「抑韓」的現象。由於《柳文指要》是一部兩千多頁的大書，本文只能枚舉出章氏對韓柳二人有明顯抑揚的例子，去評論其得失，而無法採取全面檢覈統計的方法，去加以說明。

以下，即略依章書先後的次第，枚舉其例，加以平議。

㈠章氏比較韓柳二人的「民本」思想

柳宗元〈送薛存義之任序〉一文，載於《柳宗元集》卷二十三，此文作於元和年間，時柳宗元為永州司馬，薛存義與柳宗元同為河東人，時為永州零陵縣令，故柳宗元撰此序贈之，序中告薛存義之言有云：「凡吏于土者，若知其職乎？蓋民之役，非以役民而已也。」❶其中暢發民為邦本之思想，是真能繼承孟子「民貴君輕」之要義者。章士釗《柳文指要》頁六九八說：

> 子厚送薛存義序，乃〈封建論〉之鐵板注腳也，兩文相輔而行，如鳥雙翼，洞悉其義，可得於子厚所構政治系統之全部面貌，一覽無餘。子厚之政治理想，完全以「為民之役而非役民」為主幹。❷

在〈送薛存義之任序〉中，柳宗元曾經說到，「向使傭一夫於家，受若直，怠若事，又盜若

❶ 柳宗元：《柳宗元集》，臺北，漢京文化事業公司，民國七十一年，下引並同，頁六一五。

❷ 章士釗：《柳文指要》，北京，中華書局，一九七一年，下引並同。

貨器，則必甚怒而黜罰之矣。以今天下多類此而民莫敢肆其怒與黜罰，何哉？勢不同也，勢不同而理同，如吾民何！有達於理者，得不恐而畏乎。」他將政府的官吏，比喻為民眾家中僱傭的僕役，這種看法，與一般自以為是高高在上的朝廷要員，是形勢不同而道理相同的情況。章士釗《柳文指要》頁六九九說：

> 尋子厚此言，等於暗示革命，而為勢所扼，義師不可得起，「如吾民何」四句，不啻長言而詠嘆之也。

章氏對於柳宗元此文主旨的表彰，確有獨到的眼光，只是，在《柳文指要》頁一五七四〈江叔海之於柳文〉一篇之中，章氏引用了江瀚所著《慎所立齋存稿》中〈讀柳河東集〉一文，說道：

> 子厚〈送薛存義之任序〉謂：「吏者民之役，非以役民，蓋民之食於土者，出其十一傭乎吏。」其言與近世英吉利國語以官為公僕相同，而子厚獨早見及之，可謂卓識矣。同時韓退之作〈原道〉，乃稱：「民不出粟米麻絲，作器皿，通貨財，以事其

上，則誅。」其與子厚之言，相去不亦遠哉？

對於江瀚之言，章氏加以引申說：

> 獨叔海以老師宿儒，見及乎此，猶自超人一等。又提出與韓退之作一比較，以見〈原道〉誅民之說，視子厚不啻直墜九幽之下，此律之嚴幾道之〈闢韓〉，尤為質直而明切，殆為近代不可多見之文。

今案韓愈〈原道〉曾言：「君者，出令者也，臣者，行君之令而致之民者也。民者，出粟米麻絲作器皿通貨財以事其上者也，君不出令，則失其所以為君，臣不行君之令而致之民，民不出粟米麻絲作器皿通貨財以事其上，則誅。」❸實則，誅字除殺戮義外，也有要求之義，在〈原道〉中，如果作要求解，則是要求民眾不要惑於佛老之事，而應履行國民的義務，但是，如將誅字作誅戮解，則自然得到殘殺民眾的結論，韓愈〈原道〉的誅字，究作如何解

❸ 韓愈：《韓昌黎集》，臺北，河洛圖書出版社，民國六十四年，下引並同，頁七。

釋，還當客觀討論，而章氏為了表揚柳宗元的「民本」思想，卻藉由江瀚之言，貶抑韓愈。在「民本」思想上，柳宗元確比韓愈高明，在此一問題上，章氏表揚柳宗元即可，委曲解釋〈原道〉，用以貶韓，則似非必要。

㈡章氏比較韓柳二人的「贈序」內容

柳宗元〈送表弟呂讓將仕進序〉載於《柳宗元集》卷二十四，呂讓為呂渭之子，呂溫之弟，為柳宗元之表弟，將往長安應仕（元和十年，呂讓登進士第），故宗元撰此序以贈之。章士釗《柳文指要》在討論柳氏此文時，所論及呂讓者，不過寥寥數語，反之，卻藉由此序，而取韓愈最受人推崇的贈序作品〈送李愿歸盤谷序〉❹，與之相比，而暢論韓柳二人贈序文之優劣，章士釗《柳文指要》頁七二六曰：

> 凡贈序者必須知己知彼，使文與所贈人密密印合，而己亦不自失身份。

章氏由此舉出韓愈〈送李愿歸盤谷序〉為例，以為韓序根本談不到上述的標準，因為，第一，己與見送人之連誼不明；第二，李愿為李晟之子，家勢顯赫，沉迷聲色；第三，文以儷語居其大半，齊梁下材，無此拙行。因而以為：

> 柳集中任選一首，不論文之短長，聲之高下，一切都不在退之此序之下。

章氏又提到歐陽脩以此序為韓集壓卷之作，除此之外，唐無文章，彼平生也欲效此作一篇，每執筆輒罷的傳言（此實蘇軾之言），則以為「不圖永叔英雄欺人，一至於此」。章氏並以柳宗元〈送表弟呂讓將仕進序〉與韓愈〈送李愿歸盤谷序〉兩相比對，而得出結論說：「要而言之，子厚無一語非真，而退之無一語非偽，子厚無一語非勉，而退之無一語非佞。」在《柳文指要》頁一五八五〈韓退之第一惡札〉一文之中，章士釗又說：

> 退之集中，如〈送俱文珍〉，乃對椓人曲意取媚，〈送李愿〉，又與軍閥夥同作偽。

又說：

❹ 同注❸，頁一四二。

> 子厚為文，自始以誠為本，而退之恣為詐偽如此其極。

韓愈〈送李愿歸盤谷序〉中，並未明著一語，謂李愿為權貴之子，或家世顯顯，同時，章氏書中，曾引用清人袁枚《隨園隨筆》及陳景雲《韓集點勘》（分別見章氏書一五八九及一五九四頁）的意見，都以為唐代有兩李愿，韓愈贈序中之李愿，自屬歸隱之士，並非平西王李晟之子。但章氏不信二人之言，既無反證，又不願暫保存疑，仍然堅持韓愈所送之李愿，即為平西王李晟之子，並進而堅持韓愈所撰〈送李愿歸盤谷序〉，為韓愈之「第一惡札」，態度未免過於專斷。

㈢章氏比較韓柳二人的「學養」高下

章士釗《柳文指要》頁一〇四八，討論柳氏〈答韋中立論師道書〉，先據柳氏此書，對於柳氏平生所致力之學問本源，開出一書目表如下：「本之《書》以求其質，本之《詩》以求其恆，本之《禮》以求其宜，本之《春秋》以求其斷，本之《易》以求其動，此吾所以取道之原也。參之《穀梁氏》以厲其氣，參之《孟》、《荀》以暢其支，參之《莊》、《老》以肆其端，參之《國語》以博其趣，參之《離騷》以致其幽，參之《太史公》以著其潔，此吾所以旁推交通而以為之文也。」❺然後，以之與韓愈所致力之學問根本，加以比較，而說：

> 子厚所開之書目表，退之萬開不出。蓋退之惟以六經相標榜，而子厚所指為旁推交通者，退之乃自承束《春秋》三傳於高閣，《國語》之不涉目，自無俟論，以言《離騷》，退之一生未嘗用力，述作中不含一分騷意，此其一。即以經論，退之至謂《儀禮》難讀，廢而不觀，《爾雅》注蟲魚，棄之不取，餘經亦不聞有何專精之部，此其二。

經過如此的比較，章氏自然得出「以兩公之文章功力而論，韓之無以企柳，生前早有定論」的結果。不僅如此，章氏並且以為，時至北宋，經由歐陽修、三蘇等人的鼓吹，文人學士格外尊崇韓愈，乃是別有用心，章氏引清人邵秉華〈平津舘文稿後〉之說：「六朝以降，言古文者，首推昌黎韓愈，然韓氏苦《儀禮》難讀，以《爾雅》為注蟲魚之書，束《春秋》三傳

❺ 同注❶，頁八七一。

於高閣，已開宋人游談無根之漸。」章氏因而說道：

> 慨自兩宋以來，韓文勢力不僅不衰，而且潛滋暗長，反而加大。此並不由於韓文之有真實基礎，吾曩言之，是後代人之游談無根，必須奉一游談無根之前輩，為之宗主，以炫世而欺人，而韓文始日見昌盛而無底止。加以宋人倡為帖括之學，以經義試士，使空疏不學之流，便於取得利祿，同時一二優異者，復以古文名義自高，奉揚同一空疏易於仿傚之人，為先師以自重，而韓文因更猖獗而定於一尊，直至十九世紀之末而形勢不變。

韓愈專讀儒書，柳宗元旁涉各家，故二人致力學問，其根本自有不同，專精與博覽，也並非學問高低之唯一標準，韓愈為唐宋古文八大家之首，又為宋代理學之先驅，此在文學史與思想史上，已為後世所認定，但如依章氏之言，則古文家歐王曾蘇，是即「空疏不學」之流，理學家周程張朱即是「游談無根」之輩，同時，韓愈對於宋代文壇與思想界所產生之影響，其原因，是即由於韓愈之學術「游談無根」，並「無真實基礎」，而恰投宋人之所好，才導至「中國學術停滯千年而不進步」，是即由於「韓學偽統把持壟斷，為之真因」，如此立論，豈能服人之心、杜人之口。

㈣章氏比較韓柳二人的「師道」主張

韓愈曾撰〈師說〉，勇於為人之師，而柳宗元則不願為人之師，力避為師之名，此世人所共知者。但是，在此面對「師道」，韓柳二人態度明顯不同的情況下，章士釗卻仍然希望在二人之間，分別求出一個高下的評價。《柳文指要》頁一○六八，討論柳宗元〈答嚴厚輿論師道書〉❻，章氏說：

> ㈠子厚明言取師之實，而去師之名，是其非不具為師力能，且亦並非無意為師可知。
>
> ㈡子厚取弟子嚴，而韓門多濫。
>
> ㈢退之高第弟子，多輕其師，李翺自居與退之齊名，退之則似委屈以求其著籍。

除了上述三點異同之外，章氏還特別指出，「韓退之好為人師，其師弟子之間，動輒齟齬，

---

❻ 同注❶，頁八七八。

子厚絕無是也，此韓柳之特異處」，以暗示韓柳二人在「師道」本質方面有高下。在《柳文指要》頁一二七二〈柳文指要通要之部序〉中，章氏說：

子厚不好為人師，而勤於教人，雖至今不知誰是柳門弟子，而京師之登門者日數十人，湖湘子弟受其薰陶而進德者，不可勝數。此亦與退之好為人師，而張籍、李翱中途叛教，不認師門者不同。

章氏於《柳文指要》頁一〇八〇討論柳宗元〈報袁君陳避師名書〉中又說：

韓柳議論之不同處甚眾，而為師不為師一義，最為突出，……兩人之所以不同者，亦退之仕路較亨，膽氣差壯，敢尸師之名而任其所之，子厚則困於貶所，轉動不得，而又為腳氣病等症所阨，因日就消沉，而不肯惹人謗議已耳。全祖望曰：「一作〈師說〉，一不肯為師，是各量其力。」（《困學紀聞箋》）此所謂力，非指學力而言，灼然甚明。

韓愈勇於為人之師，師道由韓愈而尊，此事豈容抹殺，韓柳二人，由於際遇不同、性格有異，故於為師之道各有取捨，全祖望所論甚是，但不必即此而斷言韓柳二人之為高為下為是為非也。

㈤章氏比較韓柳二人的「史官」理念

唐德宗貞元二十一年（西元八〇五年）正月，德宗崩，太子李誦即位，改元永貞，是為順宗，重用王叔文、韋執誼、柳宗元、劉禹錫、呂溫、韓曄、凌準、李景儉等人，一時氣象更新，大有作為，唯順宗得風疾，不能言語。三月，宦官俱文珍等以順宗久病不癒，中外危懼，擁立廣陵王李淳為太子。五月，王叔文等謀奪宦官兵權不成，以母喪去位。七月，順宗下詔，令太子監國。八月，順宗禪位，太子即位，是為憲宗。九月，王韋黨人皆坐貶刺史，復貶司馬，是為「八司馬事件」。

元和八年三月二十一日，韓愈任比部郎中、史館修撰，六月九日，韓愈撰〈答劉秀才論史書〉，提到為史官撰史，「不有人禍，必有天刑」❼，而深自畏懼。元和八年十一月，宰相李吉甫，以前史官韋處厚所撰《順宗實錄》，未能周悉，而令韓愈另行修撰。元和九年正

❼ 同注❸，頁三八七。

月二十一日，柳宗元貶在永州，經已九年，不敢自望，得重返京師，乃有〈與韓愈論史官書〉❽，說到見及與劉秀才書，「私心甚不喜，與退之往年言史事甚大謬」，以為韓愈居史官之位，應該「思直其道，道苟直，雖死，不可回也，如回之，莫若亟去其位」。推其用意，主要是希望韓愈以史官之職，重修《順宗實錄》，涉及永貞政變那一段歷史時，要秉筆直書，就事論事，勿為權貴所屈，勿為曲解，俾使八司馬等人，能夠不爭一時，而爭千秋，在史書上留下史事的真相。

章士釗《柳文指要》頁九二四，在討論柳宗元〈與韓愈論史官書〉時，先引用韓愈〈進順宗皇帝實錄表狀〉❾中所說的「尋檢詔勅，修成《順宗皇帝實錄》五卷，削去常事，著其繫於政者，比之舊錄，十益六七，忠良姦佞，莫不備書，苟關於時，無所不錄」等言，因而下斷語說：

> 中間所言忠良姦佞，姦佞指二王八司馬甚明。退之於子厚交深，當掉筆斥為姦佞時，勢必口將言而囁嚅，彼云為史必嬰刑禍，暗示《實錄》上有幾許違心之論。顧子厚絕不以此為意，彼並未嘗以退之故使曲筆，存心怨懟，惟懇懇以退之不為史，史將更無可觀為言……子厚為後世是非，而屬望於退之，絲毫未將己之榮辱進退，計算在內，

諒哉子厚，而退之更不得不懷慚無已也已。

章氏又在《柳文指要》頁一〇八〇討論柳宗元〈報袁君陳避師名書〉❿時說：

> 觀退之自承「忠良姦佞，莫不備書」，此則退之自省，似於天刑人禍之外，猶增心譴一宗。子厚能否立時看到《實錄》正本，殊未可料，然與退之覈論史官一職，恰在斯時，是子厚言所欲言，並言其所當言，理直氣壯，毫不將個人毀譽利害，羼雜於內，而在退之，則理欲公私敵友三者，一一交戰諸懷，下上於轇轕而無能自己，因之立論不能逕情直達，實大而聲宏，勢所必然，了不足怪。

憲宗由宦官俱文珍等脅迫順宗而得立為天子，心中或不免有所慚德，對於順宗所支持的王韋舊臣，自然不能無介然於懷，想藉史官之手，將《順宗實錄》寫得對自己更為有利。因此，

❽ 同注❶，頁八〇七。
❾ 同注❸，頁三四五。
❿ 同注❶，頁八八〇。

韓愈在奉旨撰寫《實錄》時，自然於公私是非利害之際，多所斟酌，而煞費苦心，而審慎落筆，這也應是人之常情。在現存的《順宗實錄》中，韓愈在記述永貞事件時，態度尚可稱公允，對王韋黨人在政治改革方面的措施，像廢宮市、廢五坊小兒、出後宮教坊女妓等，都給予了正面的批評，對王韋黨人，也只批評王叔文「密結韋執誼，並有當時名、欲僥倖而速進者，陸質、呂溫、李景儉、韓曄、韓泰、陳諫、劉禹錫、柳宗元等數十人，定為死交，而凌準、程異等，又因其黨而進，交遊蹤跡詭祕，莫有知其端者」⓫，算得上是十分寬恕的態度，也算是能作到不負友人的公正立場⓬。至於說到柳宗元對於韓愈修撰《順宗實錄》，致書相勗，章氏以為是「絲毫未將己之榮辱進退，計算在內」，「毫不將個人毀譽利害，羼雜於內」，則也只是題外之語了。

㈥章氏比較韓柳二人的「封禪」觀點

《史記》有〈封禪書〉，記載古代帝王，睹見符瑞之事，則前往泰山，建土壇，以祀上帝羣神，並巡狩五嶽，謂之封禪。

柳宗元於憲宗元和年間，貶在永州之時，曾撰〈貞符〉⓭一文，獻上天子，主要在言「唐家正德受命於生人之意」，強調帝王「受命不于天，于其人，休符不于祥，于其仁」，

「未有喪仁而久者也，未有恃祥而壽者也」，至於天地之間，出現大雹、大虹、玄鳥、巨跡、白狼、白魚、流火之烏，都是後世好怪之徒，加以陳述，乃妖淫囂昏之事。

韓愈於憲宗元和十四年，因上〈論佛骨表〉⑭，而被貶往潮州。元和十五年，初，乃上〈潮州刺史謝上表〉⑮，主要陳述自己「雖在萬里外，嶺海之陬，待之一如畿甸之間，輦轂之下，有善必聞，有惡必見，早朝晚罷，兢兢業業」。同時，請求天子「承天寶之後，接因循之餘，六七十年之外，赫然興起」，「宜定樂章，以告神明，東巡泰山，奏功皇天」。因此，在諫議皇帝是否前往泰山封禪一事，韓柳二人，確有不同的見解存在。

章士釗《柳文指要》頁一〇八二，在討論到「封禪」之事時，曾經說道：

> 退之〈潮州刺史謝上表〉：「陛下承天寶之後，接因循之餘，六七十年之外，赫然興

⑪ 同注❸，頁四二〇。

⑫ 參胡楚生：〈韓愈「答劉秀才論史書」的寫作背景〉，載《興大中文學報》第四期，民國八十年出版。

⑬ 同注❶，頁二九。

⑭ 同注❸，頁三五四。

⑮ 同注❸，頁三五六。

起，致此巍巍之治功，宜定樂章，以告神明，東巡泰山，奏功皇天……而臣負罪嬰釁，自拘海島，曾不得奏薄伎於徙官之內，隸御之間，懷痛窮天，死不閉目，瞻望宸極，魂神飛去」云云，此在退之文中，最為庸下，曾幾何時，試問諫佛骨時之魄力安在？文家之一翻一覆，曾不足自掩其眉目，不料退之禁不起挫折，一至於此。

又說：

子厚同在貶所，所上〈貞符〉一表，與退之〈謝潮州〉約略同時，至彼稱符而號為貞，則謂國家之符，其本在人，古來所傳大電、大虹、玄鳥、巨跡、白狼、白魚、流火之烏種種，皆詭譎闊誕，甚為可羞。自董仲舒、司馬相如、揚雄、班彪、彪子固，皆沿襲嗤嗤，其言類淫巫瞽史，誑亂後代，不足以知聖人立極之本，甚失厥趣。其下一轉而至唐家之符，「惟人之為(去聲)」旨在「凡其所欲，不謁而獲，凡其所惡，不祈而息，四夷稽服，不作兵革，不竭貨力，丕揚於後嗣，用垂於帝」，「苟一明大道，施於人世，死無所恨」，嘻！何氣之正而語之壯也，持此以示退之，恍若退之淪於九幽之下，而無能自拔，評騭韓柳，吾當視此為鵠的。

韓柳二人，同遭貶謫，皆遠處荒鄙，各自上奏表於天子，韓愈勸天子「宜定樂章，以告神明，東巡泰山，奏功皇天」；柳宗元諫天子勿往泰山封禪，蓋「天之誠神，宜鑒于仁，神之曷依，宜仁之歸」，故欲天子「澤久而逾深，仁增而益高」。二人奏表天子，韓愈言及自己，「窮思畢精，以贖罪過，懷痛窮天，死不瞑目」。柳宗元則言自己，「苟一明大道，施於人世，死無所憾，用是自決」。其一為己，其一為公，二人所用語氣，自今人視之，確有高下之別，然而，韓柳二人，對天子是否封禪之事，有不同之見解，推其原因，實由於二人對「天」以及「天人關係」之基本觀點，有其差異所致，韓愈以「天」為一有意志之神祇，天能聞人之呼號，能賞其有功者，罰其有罪者，（韓愈〈天說〉已佚，其說見於柳宗元〈天說〉前半篇之引述）而柳宗元〈天說〉⑯，以「天」為自然意義之物，故人之得福得禍，皆其自取，所謂「功者自功，禍者自禍」，人之禍福，與天無涉。韓柳二人，由此對「天」基本觀點之相異，故對天子是否應該「封禪」，看法也因而不同，章氏不從韓柳此一基本觀點之相異處入手立論，僅只就二人用語有所崇卑，即以之「評騭韓柳」，依然只是不揣其本的皮相之見。

⑯ 同注❶，頁四四一。

㈦章氏比較韓柳二人的「宦官」評論

《左傳》僖公二十五年記載，晉文公朝見天子，天子賜之陽樊、溫、原、攢茅四邑的土地，文公向宦官勃鞮詢問可以鎮守原地的人選，勃鞮推薦趙衰，文公從之，因命趙衰為鎮守原地之大夫。

《柳宗元集》卷四有〈晉文公問守原議〉[17]一文，主要在說明，「守原，政之大者也」，「而晉君擇大任，不公議於朝，而私議於宮，不博謀於卿相，而獨謀於寺人」。晉國的賢士大夫甚多，文公置而不諮，「乃卒定於內豎，其可以為法乎？」

因此，在此文中，柳宗元才「故著晉君之罪」，以為文公之行為，影響於後世者甚大。

明代蔣之翹在《輯注柳河東集》中，引韓醇之言說：「唐自德宗懲艾（朱）泚賊，故以左右神策、天威等軍，委宦者主之，置護軍中尉、中護軍，分提禁兵，威柄下遷，政在宦人，其視晉文問原守寺人尤甚。公此議雖曰論晉文之失，其意實憫當時宦者之禍。逮憲宗元和十五年，而陳弘志之亂作，公之先見，至是驗矣。」[18]也已指出柳宗元撰寫此文的用意及遠見。

唐順宗永貞元年，王叔文、韋執誼等謀奪宦官兵權不成，順宗禪位，憲宗繼立，遂釀成永貞政變，八司馬之事件，章士釗《柳文指要》頁一五三，於討論柳宗元〈晉文公問守原議〉時曾說：

> 子厚挺然於士林中，其與王叔文策劃大事，當然首以銷滅閹宦積毒為務。雖謀奪神策兵權，一試不成，以至貶竄終身，而其人其策，在唐史上之位置，終讓立百尺竿頭，更上一步。於是子厚私居議論，特形岸偉，誰曰不宜？

又於頁一七三說：

> 子厚立議非毀寺人，不使與聞政事，識見何等卓絕！顧韓退之與子厚同時，在宦權萌蘖初成階段，不僅不主持正誼，同張撻伐，而反溝通權奄，竭盡諂諛，且指斥唐室百餘年唯一先識遠見，捨身救國之王叔文為共工、為驩兜、為鯀，以投畀豺虎有北然後

⑰ 同注❶，頁九九。

⑱ 同注❶，頁九九。

快。雖對子厚尚存有同官義分，而詩歌誚讓，層出不已。匪親匪朋云者，意若謂：此等「才俊」之士，不得與「材雄德茂，榮耀寵光」（退之〈送俱文珍序〉中語）之宦官為伍。嘻！退之祇知求官，無意衛國，稍經摧折，怨悱百端，何其政識之低下，而干進之可醜也！

章士釗《柳文指要》頁五六九，在討論柳宗元〈斬曲几文〉⑲時曾說：「嘗論韓柳分歧，在對閹宦之態度上，最為嚴重。蓋子厚排閹，而退之佞閹，子厚排閹而致遠謫，退之佞閹而兼仇友，子厚必奪兵權於羣閹之手，退之謬稱兵權屬閹為天子自將。」對於韓柳也有所抑揚。

今考宦官為禍，歷代有之，清人趙翼《廿二史劄記》卷二，有〈唐代宦官之禍〉及〈中官出使監軍之弊〉兩文，曾說：「東漢及前明，宦官之禍烈矣，然猶竊主權，以肆虐天下，至唐則宦官之權，反在人主之上，立君弒君廢君，有同兒戲，實古來未有之變也，推原禍始，總由於使之掌禁兵管樞密，所謂倒持太阿而授之以柄，及其勢已成，惟有英君察相，亦無如之何矣。」⑳趙氏又指出，《唐書・僖宗本紀・贊》，曾謂自穆宗以來八世，而為宦官所立者七君，則唐代宦官之專權用事，出使監軍，天子亦與有責焉。

韓愈〈送汴州監軍俱文珍序〉㉑作於唐德宗貞元十三年（西元七九七年），韓愈年三十歲，時董晉為汴州陳留郡節度使，俱文珍為監軍，韓愈為觀察推官，俱文珍將赴京師，董晉偕僚屬為之送行，「公飲餞於青門之外，謂公德皆可歌之」㉒，故眾人咸作詩以贈之，韓愈也承董晉之令而作序及詩以為贈。八年之後，值順宗永貞元年（西元八〇五年），韓愈年三十八歲，時俱文珍權位益重，為宣武軍監軍，而王叔文韋執誼謀奪宦官兵權不成，遂遭宦官所逐。章氏乃據〈送汴州監軍俱文珍序〉以論韓愈宜有慚德，不如柳宗元之偉岸，似也不甚公允。

(八)章氏比較韓柳二人的「佛教」認知

韓愈曾經撰有〈原道〉，堅守儒學道統的說法，又曾獻上〈論佛骨表〉，觝排佛教甚力，柳宗元則自始與佛教僧人往來密切，也不時介紹僧人與韓愈會面。因此，在「闢佛」與否此一問題上，韓柳二人的態度，是非常不同的。彼此的爭議，也不在少，以下，即舉出一

---

⑲ 同注❶，頁四九四。

⑳ 趙翼：《廿二史劄記》，臺北：洪氏出版社，民國六十七年，頁二六二。

㉑ 同注❸，頁三九一。此文收於《韓昌黎集》之〈文外集〉。

㉒ 同注㉑。

個較為明顯得例子，作為說明。

柳宗元撰有〈送僧浩初序〉㉓一文，主要指出，「儒者韓退之與余善，嘗病余嗜浮圖言，訾余與浮圖游」，但是，柳氏以為，「浮圖誠有不可斥者，往往與《易》、《論語》合」，又指出，「退之所罪者，其跡也，曰，髡而緇，無夫婦父子，不為耕農蠶桑而活乎人，若是，雖吾亦不樂也，退之忿其外而遺其中，是知石而不知韞玉也」，柳宗元以為，韓愈所排斥的，只是佛教的外表，卻不是佛教內在的精蘊。

章士釗《柳文指要》頁七六四，在討論柳氏〈送僧浩初序〉時曾說：

> 茲一序也，不啻向退之提一戰書，而促其返答，一、浮圖之言，與《易》、《論語》合，聖人復生，不可得而斥，退之於聖人何如？二、浮圖於性情，不與孔子異道，退之如何自安頓其性情？三、浮圖之言，勝於莊墨申韓之怪僻險賊，揚雄於莊墨申韓有取，胡乃退之於浮圖無取？四、退之攻浮圖以夷，此乃混名實而一之，由退之之言，不獨季札由余不可友，而且退之自張為五帝三王，應先去東夷之人舜，與西夷之人文王。五、退之罪浮圖以跡，以跡而言，子厚亦不樂，蓋石之中有韞玉，退之胡乃忿其外而遺其中？六、浮圖不愛官，不爭能，樂山水而嗜閒安，子厚因從之遊，而退之罪

焉，退之之意，是否要求子厚從己之後，逐逐然唯印組為務以相軋？是否退之三上宰相書不報，即悄然逸去，此一套忍辱含垢本領，將傳之貶竄十年不得量移之子厚？茲六義者，以當時情勢推之，在無君皇皇貪色好博之退之，幾無一義能以強作答案。

章士釗提出的六點意見，有些是柳宗元文章中原有的義旨，有些卻是章氏自柳文中引申過遠的意思。

韓愈專尊儒學，以孔孟道德仁義為人生最高之理想，對於佛教的內在教義，自然不會去加以研究崇尚，他的距斥佛教，也自然是從外在的形勢影響而立論，《舊唐書・韓愈傳》記載：「鳳翔法門寺有護國真身塔，塔內有釋迦文佛指骨一節，其書本傳法，三十年一開，開則歲豐人泰。（元和）十四年，上令中使杜英奇押宮人三十人，持香花，赴臨皋驛迎佛骨，自光順門入大內，留禁中三日，乃送諸寺。王公士庶，奔走捨施，唯恐在後，百姓有廢業破產，燒頂灼臂而求供養者。」㉔其影響於社會秩序之大，已可見及。陳寅格先生有〈論韓

㉓ 同注❶，頁六七三。

㉔ 劉昫：《舊唐書》，臺北，鼎文書局，民國八十年。

愈〉㉕一文，在討論到韓愈「排斥佛老，匡救政俗之弊害」時說：「唐代人民擔負國家直接稅及勞役者為課丁，其得享有免除此種賦稅之特權者為不課丁，不課丁為當日統治階級及僧尼道士女冠等宗教徒，而宗教中之佛教徒佔最多數，其有害國家財政社會經濟之處在諸宗教中尤為特著，退之排斥之亦最力，要非無因也。」並指出僧尼一人的衣食，每年約需五丁歲捐供養，則韓愈所注意到的已經不僅是僧人女尼的「不為耕農蠶桑而活乎人」的個人問題，而是整個國家經濟社會秩序受到影響的大問題。

章氏於《柳文指要》頁七六五又說：

> 嘗論退之〈佛骨表〉，乃一行險僥倖之敲門磚也，一擊得中，可能印易式而組易色，不幸而貶，亦得以尊王攘夷欺天下後世，博諫諍，享高名以去，此顯然是逐逐相軋中一小小序幕，於浮圖是非成敗，絲毫不生連誼。

韓愈上〈佛骨表〉㉖，表中因言及佛教流入中國以前，帝王多享祚長久，而東漢奉佛之後，帝王咸致夭促之事，致使憲宗怒甚，將加極法誅戮，幸得裴度、崔羣等力奏婉諫，天子乃貶韓愈為潮州刺史。韓愈如果真像章氏所言，是以上表作敲門磚，則此磚也太過冒險，以自己生命去作賭注，豈是常人敢於嘗試者。

章士釗在《柳文指要》中，又列出韓愈曾經與僧人十人相往還（見《柳文指要》頁一八六五），又曾詳細討論到韓愈在潮州與大顛禪師往還之事件，基本上，都還是以貶抑韓愈的言行為其目的。

從以上八條例證來看，可以了解，章氏在比較韓柳時，主要是以「揚柳抑韓」作為主軸，如果再進一步考察，也可以看出，那些批評，約分兩種，其一，是由「揚柳」而至「抑韓」，因柳的見解確有可揚之處，遂進而益加「抑韓」，如前述的一、六、七等例。其二，是由「抑韓」而至「揚柳」，因韓的見解雖不必有可抑之處，乃必抑之而求用以「揚柳」，如前述其他各例。要之，在上述例證中，「揚柳」與「抑韓」，互為因果，以致章氏不時有過於主觀的論斷出現。

三、結語

㉕ 陳寅恪：〈論韓愈〉，載《歷史研究》一九五四年號。

㉖ 同注❸，頁三五四。

唐代古文，韓柳並稱，至於後世讀者，對於二人的欣賞，或偏於韓，或偏於柳，那只是讀者個人的喜愛，各有不同而已。至於在文學批評家眼中，韓柳二人，在古文體裁上，各有優勝，例如韓愈擅長於贈序與碑誌，柳宗元擅長於遊記與寓言等等，也是較為客觀的評論。

章士釗在《柳文指要》頁一五七三中，曾經提到，他「初知柳文，年始十三，所得為一湖南永州刻本，紙質極劣，而錯字反較少」，嗣後，才引起章氏閱讀柳文的興趣，自是研索不輟。他也提到，「吾治柳文數十年，有一念微撼於懷，則凡愛好柳文者，其人大抵習於名數，性與科學相近」（《柳文指要》頁一五〇四），而章氏本人，卻正是這樣精於邏輯與法律的學者，是以對於柳文，特有偏嗜。

章士釗又曾提到，「宋人之衡論唐文者，大抵崇韓薄柳」（見《柳文指要》頁一四五八）。這種風氣，以歐陽脩、蘇軾為最著，宋代以後，以迄清代的方苞，都不免持有相似的看法。及至曾國藩撰〈聖哲畫像記〉[27]，「將韓柳平列，以息浮議」（見《柳文指要》頁二〇五九），文壇上的這種風氣，才漸加改變，柳文才得以獲得公正的評價，也就是因為文壇上有長期尊韓抑柳的風氣，所以，章士釗也以為，「夫凡真嗜柳者，無不惡韓」（見《柳文指要》頁一五七四），所以，他才對於柳文，精心研究，花費了七年的時光，撰成《柳文指要》一鉅著，主要是希望「柳文重發光豔，始於今日」（見《柳文指要》頁一二七五）。因此，章士釗對柳宗元的研究，在《柳文指要》中，確實呈現了不少卓越的見解，令人欽佩，也足以嘉惠後學。

近世抑韓風氣，自清末一八九五年嚴復所撰〈闢韓〉，已經開始。一九四九年之後，大陸上強調無產階級專政，對於韓愈在〈原道〉中所說的「民不出粟米麻絲、作器皿、通貨財以事其上，則誅」的主張，曾發起了大規模的批判運動。㉘加之一九七一年，《柳文指要》出版，正是「文化大革命」進行之際，雖然，章士釗在《柳文指要》頁一六二九中，曾經表白，「竊思吾人於韓，並無先天讎恨，且有關文學上之成就，亦無意加以抹煞」，但是，在那種形勢的影響之下，是否曾受到環境的影響，也未可知，本文之作，則只是就文章論文章，就韓柳論韓柳，而不願涉及其他，以免厚誣賢者，要之，章士釗研究柳文，為了稱揚柳宗元，對於韓愈的作品與為人，產生了不少「貶抑」的成分，而形成《柳文指要》中的一項特色，也不免有損於他多年辛勤致力於研讀柳文的貢獻。

㉗ 曾國藩：《曾文正公文集》，臺北，臺灣中華書局，卷二，頁七。

㉘ 參何法周：《韓愈新論》一書之〈前言——兼論百年來的抑韓思想〉，及〈韓愈「原道」篇探源——評所謂韓愈誅殺勞動人民之說〉，河南大學出版社，一九八八年出版。

國家圖書館出版品預行編目資料

韓柳文新探 續編

胡楚生著. – 初版. – 臺北市：臺灣學生，2011.03
面；公分

ISBN 978-957-15-1513-7 (平裝)

1. （唐）韓愈 2. （唐）柳宗元 3. 文學評論 4. 比較文學

830.417 99024748

韓柳文新探 續編

著作者：胡楚生
出版者：臺灣學生書局有限公司
發行人：楊雲龍
發行所：臺灣學生書局有限公司
臺北市和平東路一段七五巷一一號
郵政劃撥戶：○○○二四六六八號
電話：（○二）二三九二八一八五
傳真：（○二）二三九二八一○五
E-mail: student.book@msa.hinet.net
http://www.studentbooks.com.tw
本書局登記證字號：行政院新聞局局版北市業字第玖捌壹號
印刷所：長欣印刷企業社
中和市永和路三六三巷四二號
電話：（○二）二二二六八八五三
定價：平裝新臺幣三○○元
二○一一年三月初版

83004
有著作權・侵害必究
ISBN 978-957-15-1513-7 (平裝)

臺灣學生書局出版

中國文學研究叢刊

❶ 詩經比較研究與欣賞 裴普賢著
❷ 中國古典文學論叢 薛順雄著
❸ 詩經名著評介 趙制陽著
❹ 詩經評釋(全二冊) 朱守亮著
❺ 中國文學論著譯叢 王秋桂著
❻ 宋南渡詞人 黃文吉著
❼ 范成大研究 張劍霞著
❽ 文學批評論集 張　健著
❾ 詞曲選注 王熙元等編著
❿ 敦煌兒童文學 雷僑雲著
⓫ 清代詩學初探 吳宏一著
⓬ 陶謝詩之比較 沈振奇著
⓭ 文氣論研究 朱榮智著
⓮ 詩史本色與妙悟 龔鵬程著
⓯ 明代傳奇之劇場及其藝術 王安祈著
⓰ 漢魏六朝賦家論略 何沛雄著
⓱ 古典文學散論 王安祈著
⓲ 晚清古典戲劇的歷史意義 陳　芳著
⓳ 趙甌北研究(全二冊) 王建生著
⓴ 中國兒童文學研究 雷僑雲著
㉑ 中國文學的本源 王更生著
㉒ 中國文學的世界 前野直彬著，龔霓馨譯
㉓ 唐末五代散文研究 呂武志著

㉔ 元代新樂府研究　廖美雲著
㉕ 五四文學與文化變遷　中國古典文學研究會主編
㉖ 南宋詩人論　胡　明著
㉗ 唐詩的傳承—明代復古詩論研究　陳國球著
㉘ 中外比較文學研究　第一冊（上、下）　李達三、劉介民主編
㉙ 文學與社會　中國古典文學研究會主編
㉚ 中國現代文學新貌　陳炳良編
㉛ 中國古典文學研究在蘇聯　（俄）李福清著，田大長譯
㉜ 李商隱詩箋釋方法論　顏崑陽著
㉝ 中國古代文體學　褚斌杰著
㉞ 韓柳文新探　胡楚生著
㉟ 唐代社會與元白文學集團關係之研究　馬銘浩著
㊱ 文轍（全二冊）　饒宗頤著
㊲ 二十世紀中國文學　中國古典文學研究會主編
㊳ 牡丹亭研究　楊振良著
㊴ 中國戲劇史　魏子雲著
㊵ 中外比較文學研究　第二冊　李達三、劉介民主編
㊶ 中國近代詩歌史　馬亞中著
㊷ 近代曲學二家研究—吳梅・王季烈　蔡孟珍著
㊸ 金元詞史　黃兆漢著
㊹ 中國歷代詩經學　林葉連著
㊺ 徐霞客及其遊記研究　方麗娜著
㊻ 杜牧散文研究　呂武志著
㊼ 民間文學與元雜劇　譚達先著
㊽ 文學與佛教的關係　中國古典文學研究會主編
㊾ 兩宋題畫詩論　李　栖著
㊿ 王十朋及其詩　鄭定國著

51 文學與傳播的關係　中國古典文學研究會主編
52 中國民間文學　高國藩著
53 清人雜劇論略　黃影靖著，黃兆漢校訂
54 唐伎研究　廖美雲著
55 孔子詩學研究　文幸福著
56 昭明文選學術論考　游志誠著
57 六朝情境美學綜論　鄭毓瑜著
58 詩經論文　林葉連著
59 傣族敘事詩研究　鹿憶鹿著
60 蔣心餘研究(全三冊)　王建生著
61 眞善美的世界—高中高職國文賞析　戴朝福著
62 何景明叢考　白潤德著
63 湯顯祖的戲曲藝術　陳美雪著
64 姜白石詞詳注　黃兆漢等編著
65 辭賦論集　鄭良樹著
66 走看臺灣九〇年代的散文　鹿憶鹿著
67 唐賢三體詩法詮評　王禮卿著
68 清初前期話本小說之研究　徐志平著
69 文心雕龍要義申說　華仲麟著
70 楚辭詮微集　彭　毅著
71 習賦椎輪記　朱曉海著
72 韓柳新論　方　介著
73 西崑研究論集　周益忠著
74 李白生平新探　施逢雨著
75 中國女性書寫—國際學術研討會論文集　淡江大學中國文學系主編
76 杜甫夔州詩現地研究　簡錦松著
77 近代中國女權論述—國族、翻譯與性別政治　劉人鵬著

78	香港八十年代文學現象(全二冊)	黎活仁等主編
79	中國夢戲研究	廖藤葉著
80	晚明閒賞美學	毛文芳著
81	中國古典戲劇語言運用研究	王永炳著
82	中國古典詩論中「語言」與「意義」的論題——「意在言外」的用言方式與「含蓄」的美典	蔡英俊著
83	近代傳奇雜劇史論	左鵬軍著
84	外遇中國——中國域外漢文小說國際學術研討會論文集	國立中正大學中文系 語言與文學研究中心 主編
85	琵琶記的表演藝術	蔡孟珍著
86	物・性別・觀看——明末清初文化書寫新探	毛文芳著
87	清代賦論研究	詹杭倫著
88	世情小說傳統的承繼與轉化：張恨水小說新論	趙孝萱著
89	古典小說縱論	王瓊玲著
90	建構與反思——中國文學史的探索學術研討會論文集	輔仁大學中國文學系 中國古典文學研究會 主編
91	東坡的心靈世界	黃啓方著
92	曲學探賾	蔡孟珍著
93	挑撥新趨勢—第二屆中國女性書寫國際學術研討會論文集	范銘如主編
94	南宋詠梅詞研究	賴慶芳著
95	感傷的旅程：在香港讀文學	陳國球著
96	中國小說史論	龔鵬程著
97	文學散步	龔鵬程著
98	黃文吉詞學論集	黃文吉著
99	夢窗詞選注譯	黃兆漢著
100	海峽兩岸現當代文學論集	徐國能主編
101	第二／現代性：五四女性小說研究	劉乃慈著

⑩² 紅樓夢夢 龔鵬程著
⑩³ 夏敬渠與野叟曝言考論 王瓊玲著
⑩⁴ 魏晉文學自覺論題新探 黃偉倫著
⑩⁵ 戰後臺灣散文中的原鄉書寫 邱珮萱著
⑩⁶ 網絡文學的語言審美 李國正著
⑩⁷ 空間、身體與禮教規訓—探討秦漢之際的婦女禮儀教育 林素娟著
⑩⁸ 國學入門 龔鵬程著
⑩⁹ 宋代詩話論詩研究 崔成宗著
⑪⁰ 紅樓夢人物之性格情感與醫病關係 許玫芳著
⑪¹ 徘徊於私語與秩序之間：日據時期台灣新文學女性創作研究 呂明純著
⑪² 台灣清治時期散文的文化軌跡 林淑慧著
⑪³ 戰後台灣「現實詩學」研究：以笠詩社爲考察中心 阮美慧著
⑪⁴ 權力、知識與批評史圖像：《四庫全書》「詩文評類」的文學思想 曾守正著
⑪⁵ 屈騷纂緒：楚辭學研究論集 陳煒舜著
⑪⁶ 魏晉山水紀遊詩文之研究 蕭淑貞著
⑪⁷ 二十世紀十大家詞選 黃兆漢、林立主編
⑪⁸ 文學視域 殷善培主編
⑪⁹ 歷代文選分類詳註（增訂版） 黃登山、黃炳秀編註
⑫⁰ 臺靜農先生學術藝文編年考釋（附：臺靜農別集） 羅聯添著
⑫¹ 清代傳奇小說研究 曲金燕著
⑫² 從秋瑾到蔡珠兒——近現代知識女性的文學表現 羅秀美著
⑫³ 現代漢詩的魔怪書寫 劉正忠著
⑫⁴ 明清家將小說研究 張清發著
⑫⁵ 文心雕龍文藝哲學新論 尤雅姿著
⑫⁶ 韓柳文新探 續編 胡楚生著